파도 소리
The Sound of Waves

파도 소리
The Sound of Waves

이원로 14번째 시선집

차 례

제2부

Winter Gift 겨울 선물

제3부

On the Road 길 위에서

제4부

Countdown 카운트다운

제5부

Weather Vane 바람개비

〈Epilogue〉 Eagle 수리

▨ 이원로의 시세계 | 염선옥 ────────

파도 소리
The Sound of Waves

이원로

The Sound of Waves

The sound of waves
Would have been heard,
Long before
The door was opened.

Even if it's faint,
Or misheard,
Or ignored,
The sound is always there.

It turns the mundane into miracles,
The accidental into the inevitable,
Opening a new perspective,
An astonishing call.

The sound of waves,
Echoes in,
As the door opens,
Joy surges like waves.

파도 소리

문을 열기
오래전에 이미
파도 소리가
울려왔으리

안 들려도
잘 못 들어도
무시해도
소리를 늘 보내리

일상을 기적으로
우연을 필연으로
다시 보게 열어주는
놀라운 부름 소리

파도 소리
울려와
문이 열리니
기쁨이 파도치리

제1부
순풍

Part I

Fair Winds

Passage

On reaching the summit,

You find

It's merely

Another pause for breath.

The path that leads up

Is the path that leads down.

There is only

The journey,

And all are

Passages along the way.

통로

정상에
올라와 보면
또 하나의
숨돌리기일 뿐

오르는 길은
내려가는 길

오직
과정이 있을 뿐
모두
과정의 통로이지

Fair Winds

Every day without fail,
The wind blows on the water,
And ships seeking to ride the waves
Gather from all directions.

They eagerly await
The tailwind to blow,
So they can race forward
At a thousand miles a day.
The wind does always blow,
And depending on where you stand,
The same wind can be
A tailwind or a headwind.
Not all of my fair winds
Are headwinds for you,
And not all fair winds
Come with the flow.

The inner wind calls out to the outer wind,
And the outer wind stirs the inner wind.
Do we raise the sails because the tailwind blows,
Or does the tailwind blow because we raise the sails?

순풍

오늘도 어김없이
물길에는 바람이 불리
파도를 타려는 배들이
어디선지 모여들지

일사천리로
달려 나가게
순풍이 불어오길
학수고대하리
바람은 언제나 불리
어디에 서 있는지
바라보는 쪽에 따라
순풍도 역풍도 되리
나의 순풍이 모두
너의 역풍은 아니지
순풍이 다 흐름과
같이 가진 않으리

안의 바람이 밖을 부르리
밖의 바람이 안을 일으키리
순풍이 부니 돛을 올리는지
돛을 올려 순풍이 불어오는지

Parallel Lines

The Horizon of the sky,
The Horizon of the sea,
The Horizon of time,
Dazzling parallel lines.

Light particles rush in,
Water droplets ripple,
It's a dance of countless colors,
It's like a tangle of chaos,
It's like a delicate order,
Everything is swirling,
All are alive and kicking,
So that the moment becomes eternity.

Parallel lines of color,
Parallel lines of sound,
Will run endlessly,
Until they meet at one point.

평행선

하늘의 지평
바다의 지평
시간의 지평
눈부신 평행선들

광자들이 밀려오지
물방울들이 요동치리
무수한 색깔의 춤이지
혼돈의 얽힘인 듯
정교한 질서인 듯
모든 게 소용돌이지
모두가 살아 날뛰리
순간이 영원이 되게

빛깔의 평행선들
소리의 평행선들
한없이 달려가리
한점에 모일 때까지

Gift

From there,

Swept through here,

To go beyond.

For some reason,

We were sent here

To write a good history.

We will find out

The detailed account

when we go beyond.

It seems blocked,

But in fact, it is all

One connected.

The orbit of light and darkness

That crosses countless walls,

A gift that is both fearful and wondrous,

Both sad and beautiful,

As wounds heal and bonds are released.

선물

거기서 와서
여기를 스쳐서
너머로 가지

어떤 뜻에선지
선한 역사를 써보라
여기로 보냈으리
자세한 이유는
너머에 가게 되면
알게 되어 있으리

차단된 듯
실은 모두
연결된 하나

무수히 담을 넘는
빛과 어둠의 궤도이지
상처가 아물어지며
묶임에서 풀려가는
두려우나 경이롭고
슬프나 아름다운 선물이지

As the Window Opens

On the day the window opens
And our eyes meet,
Infinite communication will begin.

Now is the time to watch,
Silently and intently,
We have stepped into eternity.

To measure infinity,
To fly through hyperspace,
A ruler and wings will be given.

The beams of light ride the wind,
Changing their forms in wonder,
They wink and say, "Let's go together."

창이 열리며

창이 열리며
눈길이 맞닿는 날
무한의 소통이 시작되리

이제는 아무 말 없이
물끄러미 지켜보는 시간
영원으로 발을 들여놓았지

무한을 재보라고
초공간을 날아보라고
자를 주고 날개를 달아주지

빛살이 바람을 타고
놀랍게 모습을 바꾸며
눈짓하여 같이 가잔다

Giving Is All From Received

Chromosomes living in the nucleus,

Genes lurking in them,

Amazing codes of destiny.

Do you only do as you are told?

Do you do anything on your own?

They just smile without answering.

Giving is all

From received.

All predetermined.

Beyond logic and imagination,

There is a world of wonder,

The gift called vision.

주는 건 받은 것

핵 안에 사는 염색체
그 안에 가득 도사린 유전자들
놀라운 예정 암호들이지

너희는 시키는 대로만 하니
알아서 하는 것도 있니
대답 없이 미소만 짓는다

주는 건
다 받은 것
모두가 예정

논리와 상상 밖에도
기상천외한 세계가 있지
환상이라는 선물이지

The Tightrope Walker

Beyond the dimensional wall,

In the darkness,

The tightrope walker tries

To catch the light.

Only one holy order

He truly reveres,

And he will see the miracle

Of revering all.

Only one true light

He truly loves,

And he will live in the mystery

Of loving all.

줄타기 광대

차원의 벽을 넘어
어둠 가운데
빛을 잡으려는
줄타기 광대

거룩한 질서 오직 하나만
실로 경외하더니
모두를 경외하게 되는
기적을 보게 되리

진실한 빛 오직 하나만
진정 사랑하더니
모두를 사랑하게 되는
신비경에 살게 되리

Illusion

As allowed,
They change infinitely,
Unceasingly revealing
Their given forms.

The thaw is revival,
Evaporation is sublimation,
Cohesion is reorganization,
Rotation is glory.

The entity is one,
The forms are countless,
The end is an illusion,
They endlessly cross the horizon.

착시

그들은 허락된 대로
무수히 변하며
주어진 모습을
끊임없이 드러내지

해빙은 소생
증발은 승화
응집은 재편성
회전은 영광

본체는 하나
모습은 무수
종식은 착시
한없이 지평을 넘지

The Light Bird

The light bird never stops
Biting away at the darkness.
One day it will completely
Create a bright world.

The waves of darkness rush in
Surrounding it with a surge.
The light bird is caught in the turbulence
And falls into confusion and despair.

Even if it charges headlong,
There are things it cannot overcome.
It must regain the eyes
To properly understand the principle.

It knows that day and night
Were separated in the beginning.
It will come to understand again
The meaning of the symmetrical world.

빛 새

빛 새가 쉬지 않고
어둠을 쪼아먹는다
어느 땐가 온전히
밝은 세상 이루리

밀려드는 어둠 파도
용솟음쳐 에워싸니
빛 새가 난류에 걸려
혼란과 허탈에 빠지리

우격다짐으로 돌진해도
넘을 수 없는 게 있지
이치를 제대로 풀어갈
눈을 다시 받아야 하리

태초에 갈라놓은
낮과 밤인 건 알리
대칭 세계의 의미를
다시 깨닫게 되리

Your Smile

When I pleaded,
You responded with a smile,
When I praised,
Your eyes gleamed with joy.

Even when I mocked and cursed,
You graciously bestowed a compassionate smile,
You only gazed at distant mountains and
Then looked up at the sky.

Your smile is
The source of my hope,
Your joy is
The source of my strength.

Your smile contains
All the answers I seek,
It's a fountain of peace and comfort
Embracing everyone.

당신의 미소

내가 간청하니
당신은 미소를 지었지
내가 찬사를 올리니
당신은 기쁨의 눈빛이었어

내가 조롱하고 저주해도
당신은 자애의 미소를 풍겼지
먼 산만 바라보았지
그리고 하늘을 우러러보았지

당신의 미소는
내 소망의 원천
당신의 기쁨은
내 힘의 근원

당신의 미소는
모든 해답을 담았지
모두를 품어주는
평화와 위로의 원천이지

Moment

A vast expanse,

Where all are frozen,

In that moment,

Nothing exists

But awe.

A heart that cannot close,

A mind that expands endlessly,

An overwhelming ecstasy.

That encounter lingers

Only in the moment.

순간

너무나 큰 공간
모두가
얼어붙는 순간

경외 외엔
아무것도 없지

닫혀 지지 않는 가슴
한없이 팽창하는 머리
압도되는 황홀경

그 만남은 오직
순간에만 머물지

Game is Here

Where the sky spreads wide,
A game is always unfolding.
Between the wind and clouds,
The vast expanse occasionally sparkles.

A game of chase,
Swift and decisive,
A war of attrition.
A game of determination and wit.

Trying to achieve everything at once
Can lead to devastating failure.
Where there is a game,
Joy and sorrow always intersect.

Too foolish and slow,
I have only now realized the master.
Though knowledge is honorable,
It is not enough.

게임이 있는 곳

하늘이 펼쳐진 곳엔
언제나 게임이 있지
바람과 구름 사이로 가끔
드높은 하늘이 번득이지

쫓고 쫓기는 게임
속전속결
지구전
뚝심과 슬기의 게임

한 번에 다 이루려다
낭패로 망칠 수 있지
게임이 있는 곳엔 늘
환희와 고뇌가 교차하리

너무 멍청하고 느려
주인을 이제야 알았지
아는 것도 장하긴 하지만
그것으론 다가 아니지

Surpass

Hearing

may surpass

seeing.

Indirect experience

may surpass

direct experience.

Direct seems to surpass indirect,

Seeing appears to

surpass hearing,

But all of this depends on

 the eyes, ears

And mind.

A shoulder glance

may surpass

constant reading.

능가

듣는 게
보는걸
능가할 수도 있지

간접경험이
직접경험을
능가할 수도 있지

직접이 간접을
보는 게 듣는걸
능가할 듯싶으리

그러나 이 모두
눈과 귀와
마음에 달렸지

어깨너멋글이
주야 숙독을
능가할 수도 있지

To Satisfy

The wings beat frantically,
To quench the thirst.
The hooves clatter loudly,
To fill the hunger.

From where did
this thirst come?
Who gave
this hunger?

What is the wing
flying for?
Whom is the hoof
running for?

If you deviate,
The wing will be broken,
If you disobey,
The hoof will be severed.

가시려 채우려

날갯짓 요란하지
갈증을 가시려
발굽 소리 우렁차지
고픔을 채우려

어디서 보내온
목마름인지
누가 달아준
배고픔인지

무얼 하러
오르는 날개인지
누굴 위해
달리는 발굽인지

벗어나면
날개 꺾이리
거역하면
발굽 끊기리

Imitation

Riding on light, sound,
and wind for a long time,
Without knowing it,
You learn and imitate them.

By looking at the outside,
You will know the inside,
And by seeing the inside,
The outside will be understood.

Does knowing in advance
Make a difference?
If you know, you will change,
And see things differently.

It will be the same
on the surface,
But the unseen thing
Will be different.

흉내

빛과 소리와 바람을
한참 타고 놀다 보면
모르는 사이 배워서
그들의 흉내를 내지

겉을 보아
속을 알게 되고
속을 보니
겉이 이해되리

미리 안다고 해서
달라지는 게 있을지
알면 바뀌게 되리
달리 보이게 되리

겉보기야
그대로이지
안 보이는 게
달라지리

The Wall

Under the frozen stream,
A stream flows.
In the sunlight,
Thin mist rises.

They do not know where they came from,
Nor have they seen each other before,
So they are strangers to each other.
Inside they are the same,
But outside they are different,
And their perceptions cannot
break through the wall.

The mist will rise into the sky,
Becoming clouds, and fall somewhere else
As rain or snow.
They will be busy going their own ways.

벽

살얼음 밑으로
냇물이 흐르지
햇빛을 받으니
가느다란 김이 나지

온 곳을 서로 모르고
전에 본 일도 없으니
서로가 남남이지
안은 같으나 겉이 달라
인식이 벽을 못 뚫는다

김이 하늘로 올라가리
구름이 되어 어딘가에
비나 눈으로 내리리
서로 제 갈 길 바쁘리

Action and Reaction

There is action,

So there will be a reaction.

All are the products of relationship.

Action and reaction

Visibly or invisibly,

Live with us.

Action is fleeting,

Reaction is inevitable.

In the meantime,

The rings of age increase,

With scars created,

hidden in the chest.

The unseen action

Will turn the world

with the unseen reaction.

작용과 반응

작용이 있으니
반응이 나오리
모두 관계의 산물

작용과 반응은
보이게 안 보이게
우리와 함께 살지
작용은 무상하고
반응은 속절없지
모르는 사이에
나이테는 늘어가고
가슴 안에 가려진 채
흉터가 생겨나지

안 드러나는 작용이
안 보이는 반응으로
세상을 돌려가리

Canvas

Wherever and why,
Things that come in
Will paint the canvas.

On the day when darkness settles,
It will become a stage of nightmares.
Jealousy, greed, and betrayal
Will fill the canvas.

On the day when dawn breaks,
The sound of holy comfort
Will open a symphony of joy
With the melody of amazing peace.

The dancer in the glory
of freedom,
Will be captured on the canvas.

캔버스

어디서 왜인지
들어오는 것들이
캔버스를 그려가리

어둠이 깃드는 날
악몽의 무대가 되리
시기와 탐욕과 반역이
캔버스를 채워가리

서광이 드는 날
거룩한 위로의 울림이
놀라운 평화의 선율로
환희의 연주를 열어가지

자유를 구가하는
영광 속의 무도가
캔버스에 담기지

The Stairway To Heaven

In the very depths of my heart
The eternity has been planted.
I will soar endlessly,
Holding on to the thread of the promise.

Climbing the stairway to heaven
Is not a journey that can be taken alone.
Knowing this, I still sweat and toil,
Going together as if alone,
Alone as if together.

The stairway to heaven
Is a measure of the heart's desire.
It will be lifted up
By our motive and purity.

하늘 계단

심장 아주 깊은 곳에
영원을 심어주었기에
약속의 줄을 붙들고
끝없는 비상을 하리

하늘 계단 오르기는
홀로 가는 길이 아니지
알면서도 피땀 흘리지
홀로인 듯 같이 가고
같이 인 듯 홀로이지

하늘 계단은
염원의 척도
동기와 순도로
끌어 올려지리

Body and Mind

Body and mind are not separate,

The body is a particle,

The mind is a wave,

Matter and spirit cannot be divided.

The dance of photons pouring down,

Like a particle, like a wave,

Like a wave, like a particle,

Exclusive, yet cooperative

This becomes that, that becomes this,

The mind controls the body,

The body supports the mind.

The world is a unity of matter and spirit,

Particles and waves will endlessly converse.

They'll change clothes with each other mysteriously,

They will go from here to there,

From this time to that.

몸과 마음

몸과 마음은 따로가 아니지
몸은 입자
마음은 파동
물질과 정신은 가를 수 없지

쏟아지는 광자의 무도
입자인 듯 파동 파동인 듯 입자
배타적인 듯 협동적
이게 저게 되고 저게 이게 되리
마음이 몸을 다스리고
몸이 마음을 지탱하지

세상은 물질과 정신 합일체
입자와 파동이 끝없이 대화하리
불가사의하게 서로 옷을 바꿔입지
거기와 여기 이때 저 때를 오가지

제2부

겨울 선물

Part II

Winter Gift

That Day

Though it's not now,

that day is bound to come.

Carried on the wind,

aboard the clouds,

the festival of spring

will envelope the heaven and earth.

Now it's a desert,

but astonishing things will happen.

Riding the passage of time,

river waters will flow in,

and sand dunes

will dance as green waves.

Though not yet in sight,

that day is racing towards us.

Eyes will be opened,

hearts will heat up,

and we will embrace

a fantastical land, hard to bear.

그날

지금은 아니지만
그날은 오게 되어 있어
바람에 실려
구름을 타고
봄의 제전이
천지를 덮으리

지금은 사막이지만
놀라운 일 벌어질 거야
그 시간을 타고
강물이 흘러들어
모래언덕이
초록 파도로 춤추리

아직은 안 보이지만
그날이 달려오고 있어
눈이 뜨이며
가슴이 뜨거워지리
감당키 어려운
환상의 나라를 맞으리

Percent Game

Within the arrogance that pierces the sky,

Traces of humility still remain.

Within the heart of pure compassion,

A cruel blade may be hidden.

Within the raging flames of rebellion,

Stumps of obedience linger.

Even in the abyss of despair as dark as pitch,

Seeds of hope wait for their time to shine.

These are matters of quality and quantity,

The world is a game of percentages.

For a moment, it may be 100%,

But it will change according to the situation.

In your heart today,

How much compassion is contained?

In my head tomorrow,

How much arrogance will rise?

퍼센트 게임

하늘을 찌르는 오만 안에도
겸손의 흔적은 남아 있지
순결한 자비의 가슴 안에도
잔혹한 칼날이 숨어 있으리
진노한 반역의 불길 속에도
순종의 그루터기는 남아 있지
칠흑 같은 절망의 심연에도
희망의 빛 씨는 때를 기다리리

질과 양의 문제들이지
세상은 퍼센트 게임이지
한순간은 100%이겠지만
상황 따라 변하게 되리
너의 가슴에는 오늘
자비가 몇 %나 담겨 있지
나의 머리에는 내일
오만이 몇 %나 차오를지

Alarm

Tremble, tremble

Is it overflowing with joy?

Is it because of fear?

Is it a sign of birth?

Is it the ultimate dance?

It seems to flow smoothly,

But it is an endless shivering.

Even in the cry of victory,

There is trembling hidden.

The alarm hormone is always flooding

In the inner universe of the brain.

The wind of fear is blowing,

The flames of anxiety are rising.

The world is a series of tremors,

A land of alarms and horns.

We will pour out all our heart and soul

To try to put them to sleep.

We will sacrifice everything.

경보

바르르 떨지
기쁨이 넘쳐선가
너무 무서워선가
탄생의 전조 일가
대단원의 무도 이리

유유히 흐르는 듯
끝없는 떨림 이리
개선의 외침 안에도
떨림이 도사려 있지
뇌 안 심우주에 늘
경보 호르몬이 범람하지
공포의 바람이 불고
불안의 불길이 치솟지

세상은 떨림의 연속
경보와 경적의 나라
이들을 잠재워 보려
심혈을 다 토해내리
모두를 바치게 되리

Snowy Landscape

The snowy scene on the riverbank
Is a sight to behold, always anew
Leaving the everyday behind for a while,
It refreshes the eyes.

Though it reaches high and far,
It also touches the deepest places.
It can open what is closed,
And close what is open.

The harmony of water and wind
Intertwines with the orbit of time,
Weaving heaven and earth together.
A moment of glory is revealed.

What painting does the unfolding
snowy landscape evoke?
With what echoes does it stir?
What path does it hint at?

설경

강가의 설경은
늘 볼만 하지
일상을 잠시 뒤로
눈길을 새롭게 하지

멀리 높게도 터 주지만
아주 깊이 닿게도 하리
닫힌 걸 열게도 하고
열린 걸 닫기도 하리

물과 바람의 조화가
시간의 궤도와 어우러져
하늘을 땅에 엮어주리
영광의 한때가 드러나리

펼쳐진 설경이
무슨 그림을 일깨우는지
어떤 울림으로 흔드는지
어느 길을 암시하는지

Winter Gift

Stretched out high in the sky,
Winter branches stand side by side.
They quietly embrace
The warm breath descending from above.

In the harsh winter,
Hopes become even more fervent.
Extending all their tentacles,
Offering countless prayers.
Now, above and below have come
To know each other's hearts
Even through gestures alone.

From the heights where they were sent,
A gracious gift has been bestowed
To ward off the fearful cold, and already
Nestled in the yearning branches' hearts.

겨울 선물

하늘 높이 나란히
뻗어 올린 겨울 가지들
위서 내리는 따스한 숨결을
다소곳이 받아들이리

엄동설한이기에
소망은 더욱 간절하리
모든 촉수를 다 내밀어
수많은 탄원을 올렸으리
위아래가 이젠 몸짓만으로
마음을 알게 되었으리

보내어 길러온 위에서
간구하는 이들 가슴에 이미
무서운 한기가 못 들게
은혜로운 선물을 안겨 주었으리

The Ladder of Joy

The way to get there is
A ladder of joy
Rather than a tower of will.

There are soaring moments
That seem like they will be achieved all at once, But there are also
countless falling downs
Whose reasons and meaning are unknown.

Amazing joy will come in
And revive the will,
So it will overcome frustration.

Only with joy will you be
Able to flap your wings,
Soar through the sky
And fly there.

기쁨의 사다리

거기 이르는 길은
의지의 탑이기보다
기쁨의 사다리이지

단번에 이룰 듯
비상도 하지만
이유와 의미 모를
수없는 추락도 있지

놀라운 기쁨이 들어와
의지를 소생시키니
좌절을 이기게 되리

기쁨이 있어야
날개를 치게 되리
창공을 누비며
거기로 날아들지

Unknowing Joy

Humming a tune,

Without knowing its meaning,

We rejoice in its melody.

Something within us finds pleasure,

Perhaps planted by another.

Something stirs within us,

And we rejoice, even in ignorance.

We sing without knowing the words,

We dance without knowing the steps.

As we sing and dance,

Something stirs within us.

Gradually, we begin to understand.

Unknowingly, someone has awakened us.

We cannot know everything in the world.

By doing without knowing, we will be guided to understanding.

뜻도 모르며

뜻도 모르는 노래를
흥얼거리며 기뻐하리
모르나 무언가 좋아서리
누군가 그렇게 하라선가
무언가 안에서 일어나
알지 못하나 기뻐하리

뜻도 모르며 노래 부르리
의미도 모르며 춤을 추리

노래하며 춤추다 보면
안에서 무언가 꿈틀대리
어느 사이 점차 알게 되리
모르게 누군가 깨쳐주었지
세상 모든 걸 어찌 다 알리
모르나 하다 보면 알게 해주리

Wandering

The snare of routine, I fear,
I kick away the chance, and run.
Lured by illusion or reality,
I throw myself into the wandering path.

I hope it's a pursuit,
Not an escape.
I wish it's a pilgrimage,
Not wandering.

In this world,there is none
Without wandering.
We are all wandering Jews,
Or wandering Dutchmen.

Not an escape,
I hope it is a pursuit.
Not a wandering,
I wish it is a pilgrimage.

Through the unknown, we wander
Seeking meaning and purpose.
With each step, we grow and learn
Until we find our way home.

방황

일상의 덫이 겁나
기회를 박차고 나가리
허상일지 실상인지에 끌려
나그넷길로 몸을 던졌지

도망이 아니라
추구이길 바라지
방황이 아니라
순례이길 원하리

방황 없는 이
세상엔 없으리
모두 방황하는 유대인이나
방황하는 네덜란드인이지

도망이 아니리
추구이길 바라지
방황이 아니리
순례이길 바라지

미지를 방황하며
의미와 목적을 추구하리
걸음마다 배우고 자라리

Thin Ice

Treading on thin ice,
Nervous heart,
How much longer
Will you be anxious?

Isn't living a lifetime
Like walking on thin ice?
How long can you endure,
Anxious and uneasy?

You cruelly push away
The hand that reaches out,
Trying to catch something
That cannot be grasped.

Are you going to live
Trembling as your slave?
The hand you rejected
Still waits outside.

살얼음

살얼음 딛고
조마조마
얼마나 더 오래
마음을 졸일 건가

평생 사는 게
살얼음 밟기지
조마조마 해가며
언제까지 버틸 건가

잡아주려는 손을
모질게 뿌리치고
잡을 수 없는걸
기어코 잡으려 하지

아집의 노예가 되어
떨며 살아가려는가
뿌리친 손은 아직도
밖에서 기다리리

.

Competition

All games in the world
Are races to win.
The game of life, of course,
And even the competition of leisure.

Where does the joy of victory come from?
Is it the satisfaction of the primal
Animal impulses sown for survival?
Nevertheless, surprisingly in the world,
There are games where you win and still lose,
And games where you lose but still win.

Winning is good,
How to win is more important,
And why you want to win
Is crucial above all else.

승부

세상 모든 게임은
승리하려는 경주
생사의 게임은 물론
오락의 경쟁도 그렇지

승리의 기쁨은 어디서 오나
생존을 위해 태초에 심어준
동물적 충동의 만족인지
그래도 세상엔 놀랍게
이기고도 지는 게임이 있고
지고도 이기는 게임이 있지

이기는 것 좋지
어떻게 이기느냐지
왜 이기려는지가
무엇보다 우선이리

Nodding Reeds

Riding the wind by the riverside,

Reeds nodding incessantly.

Whether they are apologizing

or expressing gratitude,

Instead of being afraid of

What they should be afraid of,

They were afraid of

What they shouldn't be afraid of.

Are they repenting because

They are still afraid

What they should

Not be afraid?

Are they truly asking

To be afraid of

What they should

Be afraid of?

꾸벅대는 갈대

강변의 바람을 타고
한없이 꾸벅대는 갈대들
사죄하는 건지
감사하는 건지

두려워해야 할걸
두려워하지 않고
두려워 말걸
두려워했지

두려워 말걸
아직도
두려워하기에
회개하는 건지

두려워할걸
진정으로
두려워하게
간구하는 건지

A Fashion Show

Every season, smiles abound,
Welcoming branches beckon.
Are they trying to raise them up?
Or to raise others up?
It can't be just a fashion show.

Those who tread the earth,
Those who part the water,
Those who pluck the stars,
For whom do they do it?
It can't be just for themselves.

It is not easy to raise themselves up.
It must be even harder to raise others up.
It is not easy to put on a good show.
It must be even harder to fill the inside properly.
The world is not all a fashion show.

패션쇼

사시사철 미소 가득
환영 손짓하는 가지들
저를 세우려는지
남을 세워주려는지
패션쇼만은 아니리

땅을 누비는 이
물을 가르는 이
별을 따는 이
누구 때문이지
제멋만은 아니리

저를 세우는 일 쉽지 않다
남 세워주기 더 어려우리
겉치장 잘하기 쉽지 않으리
제대로 속 채우기 더 어렵지
세상이 다 패션쇼는 아니리

Superluminal

Wearing a pilot's cap
And a red scarf,
I sit silently by the stream,
Contemplating its flow.

With wings of supersonic speed,
I soar through the sky,
Plucking flowers and picking stars,
I traverse the universe.

The current comes and goes,
Flowing endlessly.
Now, riding the superluminal speed,
I travel through space.

Rushing beyond the Big Bang,
I blink and wake up,
Only to see the reeds swaying in the wind,
And the early spring light dazzling my eyes.

초광속

비행사 모자 쓰고
빨간 목도리 두르고
냇가에 묵묵히 앉아 있지
흐름을 골똘히 생각하리

초음속 날개 달고
하늘을 누비고 있으리
꽃을 꺾고 별을 따며
우주를 종횡하지

흐름은 오고 가고
끊임없이 흘러들지
지금은 초광속 타고
우주를 넘나들 때

빅뱅 너머로 달려 나가
두리번대다 깜박 깨니
갈대만 바람에 흔들리고
이른 봄빛이 눈부시지

Migratory Birds

Countless beaks and wings
Rustle through the forest, echoing
Chasing the setting sun,
They chirp and soar high.

Following whose baton,
Beaks and wings intertwine,
Riding the fading light,
The flock of migratory birds
Fills the heavens and earth.

Though their colors differ, they come from one place,
Their voices separate, yet they will reach the same destination.
Their movements are individual, but their path is the same.
Once they rest, they will see the dawn together.

철새 행렬

숲을 흔들며 울려 퍼지는
무수한 부리와 날갯소리
지는 해를 잡아보려는가
지저귀며 높이 날개 치네

누구의 지휘봉을 따르는지
부리와 날개가 어우러지며
엷어져 가는 빛살을 타고
철새 행렬이 천지를 채우지

빛깔은 다르나 한데서 왔으리
소리는 따로나 같은 곳에 이르리
몸짓은 각기 다르나 길은 같으리
안식이 지나면 여명을 같이 보리

Wind and Gaze

Will that wind blow again?

Will I meet that gaze once more?

Walking along the riverbank,

Where the green grows lush,

I often raise my head to scan the surroundings.

That gaze that brought me hope,

That wind that scattered messages,

Though I know not who or why,

That encounter was truly rewarding.

This time, that gaze

Will beckon with the key to completion.

Today, that wind

Will plant the wisdom for reconciliation.

The wind

Is already blowing.

The gaze

Will soon shine brightly.

바람과 눈빛

혹여 그 바람이 다시 불어올지
그 눈빛을 다시 만나게 될지
초록이 무성해 가는 강변을
자주 머리 들어 주위를 살피지

소망을 안겨주던 그 눈빛
메시지를 뿌려주던 그 바람
누군지 왜인지 알 길 없으나
그 만남은 진정 보람에 찼지

이번에는 그 눈빛이
완성의 키를 눈짓하리
오늘은 그 바람이
화해의 지혜를 심어주리

바람이
벌써 불어오지
눈빛이
곧 번득일 거야

Compassion

There is a world beyond debate,
A realm that exists beyond logic.

Wandering through the world with empty arguments,
We find ourselves lost in the setting sun,
Our thoughts scattered like dead leaves,
We return home, weary and empty.

The higher dimensions do not battle with the lower,
They watch with eyes of compassion,
Guiding and persuading, waiting patiently.

Beyond the world of competition,
There exists a land ruled by compassion.

자애

토론으로 결론짓는
세상이 있지
논리 너머에 사는
나라가 있지

허망한 논쟁으로
세상을 헤매다가
서산에 해가 걸리니
풀 죽어 머무적거리며
집으로 돌아오리

고차원은 저차원과
대결로 승부 않으리
자애의 눈으로 지켜보며
설득하고 이끌며 기다리리

대결로 결정되는
세상 너머에
자애로 다스리는
나라가 있지

Revolving Stage

April's flowers have brushed past,

And the waves of green are in full swing.

The burning maple leaves will soon fade,

And the winter guests will arrive in a row.

Before the farewell is caught in sadness,

They will be overwhelmed by dazzling encounters,

There will only be shining memories,

No room for regrets to enter.

On the revolving stage

That turns within your heart,

What kind of play is being performed now?

Who is directing the drama?

For a heart already prepared

Or a soul still struggling,

The wheel of time carries gifts

And gives them a chance to seize.

회전무대

사월의 꽃이 스친 자리에
녹음의 파도가 한창이네
불타는 단풍이 곧 물리며
겨울 손님이 줄지어 들리

이별이 슬픔에 잡히기 전에
눈부신 만남에 압도되기에
빛나는 추억만이 있을 뿐
회한이 들어올 틈은 없으리

네 가슴안에 돌아가는
회전무대에는 지금
어떤 작품이 공연되지
누가 연극을 연출하지

이미 준비된 마음에나
아직 허덕이는 영혼에나
시간의 바퀴는 선물을 싣고
그들이 붙잡게 기회를 주리

Suffering

Pain is essential for survival.

Because of pain,
We defend ourselves against
All threats that target
Our vulnerabilities,
And protect our lives.

Sadness protects life.

Because of sadness,
We plead for help,
And on the path of prayer,
We find comfort
And attain freedom.

Suffering is a guide to eternal life.

Because of the pangs of conscience,
We experience enlightenment,
We repent and turn back,
And in the light of glory,
We are born again.

고통

아픔은 생존에 필수

아픔이 있기에
급소를 노리는
모든 위협에서
방어진을 치어
목숨을 보전하리

슬픔은 생명 지키기

슬픔이 있기에
간청이 생기고
기원의 길 위에서
위로를 만나리
자유를 얻게 되리

고통은 영생의 길잡이

양심에 찔리기에
깨달음이 있고
뉘우쳐 돌이켜
영광의 빛 가운데
다시 태어나리

Converter

Threads of feeling,

Strings of thought,

Circuits of the soul,

With unique resonance,

Compose a harmony,

And shape a posture.

Countless echoes of suffering,

Endless shadows of fears,

A tune of sadness the size of the universe,

From the depths of despair,

We cry out in pain,

We curse in anger.

These are the triggers of self-awareness,

The converters that open the next door,

The stepping stones that will lead to the gift.

With amplitude and frequency of trembling,

They knock on the core of awakening,

And guide us to the next path.

변환기

느낌의 줄들
생각의 끈들
영혼의 회로들
독특한 울림으로
화음을 지어가며
자세를 갖춰 가리

무수한 고난의 울림
끝없는 두렴의 그림자
우주만 한 슬픔의 선율
절망의 구렁텅이서
힘들어 울부짖으리
격분해 저주스러우리

이들은 자각의 방아쇠
다음 문을 여는 변환기
선물을 받게 할 발판이지
떨림의 진폭과 주기로
깨우침의 중추를 두드려
다음 길로 인도해 주지

Hope

Hope is a breeze,
Rising with time,
Blowing everywhere.

Wish is wind,
Never ceasing,
Endless indeed.

Hope is faith,
Wind is the spirit,
Governing the world.

Coming from beyond,
Going beyond,
Hope is the spirit.

Without worries or fear,
Surpassing all,
Wish is faith.

소망

소망은 바람
시간 따라 일고
어디서나 불지

바람은 바람
그침이 없고
끝이 없지

소망은 믿음
바람은 성령
세상을 다스리지

너머에서 오고
너머로 가지
소망은 성령

걱정 두렴 없고
모두를 뛰어넘지
희망은 믿음

제3부

길 위에서

Part III

On the Road

Beyond the Fence

One step beyond the fence,
I dare to venture forth.
In one hand, a stethoscope,
In the other, a telescope.

Following the pulse and breath
I trace the source,
Yearning to glimpse the origin,
With eyes full of longing and dreams.

Galileo's telescope,
Opened the night sky of the 16th century.
Now, the infrared telescope
Stands at the threshold of the Big Bang.

The more we unveil the mystery,
The more wondrous it becomes.
The more we overcome the miracles,
The more marvelous it grows.

울타리 밖

울타리 밖으로 한 발짝
더 나아가 보려나
한 손에 청진기
다른 손에 망원경

박동과 숨소리 따라
원천을 더듬으며
기원을 엿보려는
꿈과 동경의 눈빛이지

갈릴레오의 망원경은
16세기 밤하늘을 열었지
적외선 망원경은 지금
빅뱅의 문턱을 서성대지

신비는 벗길수록
더욱 놀라워지고
기적은 넘을수록
더욱 경이로우리

Achievement

Eyes that gazed upon
The winter sunset at sea,
Entreating the splendor of tomorrow,
Now behold the river
of abundance,
Brimful with the breath of spring.

Across the sea and
Over the mountains,
The radiance of spring
Will soon cover the world,
The fulfillment of the promise
Will be unstoppable.

Yet in today's eyes,
Does the gaze of yesterday
Still linger?
Wouldn't the gift be mistaken
For one's own achievement?
The abundance for one's own boast?

성취

겨울 바다 낙조를
응시하던 눈
내일의 영화를
못내 간구하더니
이제 봄기운 넘치는
풍요의 강을 보네

바다를 건너서
산을 넘어
봄의 광채가 곧
세상을 덮으리
약속의 실현은
거침이 없으리

오늘의 눈엔 아직도
어제의 응시가
살아가고 있는지
선물을 자기 성취로
풍요를 제 자랑으로
오해하진 않겠는지

Sensor

All we see is

Flowing water,

Swaying trees in the breeze.

All we hear are

Cicadas singing,

And the wind whispering through the leaves.

Are we trying to

Fill or empty?

To grasp or let go?

Are we still

Undecided?

Or perhaps both?

What we see is never the whole picture,

And what we hear is always subjective..

Where do we stand in this moment?

Are our sensors accurate?

Who checks the sensors, and

Who owns the sensors?

센서

보이는 건
흐르는 물
흔들리는 나무
들리는 건
매미 소리
바람 소리

채우려는지
비우려는지
잡으려는지
놓으려는지
아직도 미정 인지
둘 다 다인지

보이는 게 어찌 다 같으랴
들리는 것도 서로 다르리
지금 어디에 서 있지
우리의 센서는 정확한지
센서는 누가 점검하는지
누가 센서의 주인인지

Intuition

Don't be afraid of the knocking sound,
Don't miss the opportunity that opens,
Don't run away in fear.

What's truly precious
Is what your gut tells you,
Intuition comes first,
Logic comes later.

Transcendental intuition,
Is the greatest gift of all.
When it calls, when it opens,
Why hesitate for a moment?

It's open to you by choice,
So enter without doubt
And hold on to the precious gift,

직감

두드리는 소리를 두려워 마시게
열려오는 기회를 놓치지 말아야지
무서워 뒷걸음쳐 도망가지 마시게

아주 값진걸
붙드는 건
직감이 먼저이지
논리는 나중이지

초월적 직감은
선물 중 가장 큰 선물
부를 때 열릴 때
어찌 분초를 주저하리

택하여 문을 열어주는 거리
두렴 없이 믿고 들어가
귀중한 선물을 꽉 잡아야지

The Void

In the depths of silence,

Listen to the wondrous stillness.

Here, at the apex of all,

A new journey begins.

The void, unblemished and pure,

Is a vessel of astonishing beauty,

A pristine and perfect shore.

The space of purity is a sacred domain,

Where all is concentrated,

A balanced space-time,

A realm of dynamic order.

허공

침묵의 깊은 속에서
놀라운 고요를 듣지
여기의 정점은
거기의 출발점이지

공허는 불순물이 제거된
놀랍게 아름다운
완전 순수의 장이지

순수의 장은 거룩한 장
모두가 집중되고
균형 잡힌 시공
역동적 질서의 장이지

Small Joys

The small joys of everyday life
Shall grow with great strength,
Supporting the crumbling sky
And sustaining it from falling apart.

Small worries
Grow into great despair,
But small joys
Drive away immense despair.

The savior
Is always nearby,
Waiting for the moment
When you call out.

작은 기쁨

일상의 작은 기쁨이
큰 힘으로 자라올라
무너지려는 하늘을
떠받혀 지탱해 주리

작은 시름이
큰 절망으로 자라고
작은 기쁨이
큰 절망을 몰아내리

구원투수는
언제나 가까이서
부를 때를
기다리고 있지

Essential Desires

Feeling like you will live forever,
Don't be ashamed.
You may be worried that
You'll be scolded for doing so,
Since you are still a child and immature.

That's how you were born,
And that's the essence of life.
All strength comes from there,
All hope resides within,
All longing is its testament.

To protect your dignity,
As if you've gained enlightenment,
Don't try to extinguish the rising flames,
Don't try to stop the blowing wind.
Believing in eternity, it shall be eternal.

본질적 욕구

영원히 살 것 같은 기분
부끄러워 마시게
아직 어린애라
철이 안 들어 그렇다고
핀잔 들을 까 눈치 보시지

그렇게 태어났고
그게 생명의 본질이지
모든 힘이 거기서 나오리
모든 희망이 그 안에 있지
모든 갈망이 그 증표이지

체신 지키느라
득도나 한 것처럼
솟는 불길을 끄려 마시게
부는 바람을 막지 마시게
영원을 믿으니 영원하리

Passing Through the Tunnel

Don't be afraid,
My child,

This is just a tunnel
That we're passing through.

Hold my hand tightly,
And nestle in my arms,

Soon the darkness will fade,
And a dazzling world will unfold.

터널 통과

아가야
무서워 마라

잠시 지나가는
터널이란다

내 손 꼭 붙잡고
내 품에 안겨

곧 어둠은 사라지고
눈부신 나라가 열려

Shadow

What kind of shadow is this,
On a sunny day like this?
Your eyes and smile
Are cast in shadow.

Is there a place in this world
Where there is no shadow?
A hidden shade,
A shadow you cast yourself.

The shadow falls
Depending on the angle of the light,
And it is peeled away
Depending on the place you stand.

A small shadow
Hides a great joy,
And even a large shadow
Can be swept away by a small joy.

What waits to be revealed
Within your shadow?
Within my shadow,
Someone will beg for it to fall.

그늘

어인 그늘인지
경사의 날인데
눈빛과 미소에
그늘이 져 있어

그늘 안 진 곳이
이 세상에 있으랴
가려진 그늘
스스로 가린 그늘

빛의 각도에 따라
그늘이 지고
서는 장소에 맞춰
벗겨져 가리

작은 그늘에
큰 기쁨이 가려지고
큰 그늘도
작은 기쁨이 걷어내리

네 그늘 안에서는
무엇이 벗겨질 때를 기다리지
내 그늘 안에서는
누군가 벗겨질 때를 간구하리

Vibration

Eyes fixed on the other side,
His face occasionally
Flickers with a peculiar vibration.

As his tremors stir me within,
Do I see what he sees?

The wind draws something on the river,
In a world where all share the vibration,
They must have exchanged information.

Someone will see what I see,
My vibration will shake someone.

진동

눈은 강 건너에 고정되고
그의 얼굴에는 가끔
야릇한 진동이 스쳐 가지

그의 진동이 내 안을 흔드니
그가 보는 걸 나도 보는지

바람이 강물에 무언갈 그리지
모두 진동을 공유하는 세상이니
서로의 정보를 교환했으리

내가 보는 걸 누군가도 보리
내 안의 진동이 누군갈 흔들리

Thaw

The sky is already spring,
But the ground is still winter.

A bird cawing loudly
Crouching on a riverside tree,
Resenting the slow spring.

When the inside is frozen,
The outside will no thaw.

What can you hold
With a clenched fist?
You must first untie the knot.

How can you greet a elegant smile
With a frowning face full of anger?

Even so, that day will come someday.
A hand greater than you
Will create a time within you.

The light from the sky will shine
And melt the frozen ground.

해동

하늘은 이미 봄인데
땅은 아직 겨울이네

깍깍 울부짖는 새
냇가 나무에 웅크려
더딘 봄을 원망하리

안이 얼어붙었으니
밖이 안 풀려가리

움켜쥔 주먹으로
무얼 잡을 수 있으랴
꼬인 걸 먼저 풀어야지

찌푸린 성난 얼굴로 어찌
우아한 미소를 맞아드리리

그래도 언젠간 그날은 오리
너보다 큰 너그러운 손이
네 안에 때를 만들어 주리

하늘빛을 쪼어서
언 땅을 녹여주리

Champion

In the human mind,
Man reigns as champion,
But the beast lies in wait,
And the angel also resides.

When the weather grows harsh
And man's spirit wanes,
A championship title match
Will take place in the square ring.
May the angel triumph,
But the counterattack of the hungry beasts
Will be ruthless and fearsome.

The weather is capricious,
And the foe is formidable,
Thus, maintaining the championship
Will never be an easy feat.

챔피언

인간의 두뇌에서는
사람이 챔피언이지만
짐승이 도사려 있고
천사도 같이 살지

날씨가 사나워져
사람의 기가 쇠진할 땐
챔피언 띠를 걸고
사각의 링이 벌어지리
천사가 이기면 좋으련만
굶주린 짐승들의 역공이
무자비하고 무서우리

날씨는 무상하고
적수가 만만치 않으니
챔피언 유지하기가
늘 쉽지만은 않으리

On the Road

Because I came from beyond,
I gaze upon that place.
Though unseen and unheard,
It touches my heart, drawing me near,
I lean towards it always.

A hidden network,
With a mysterious wireless communication,
We must be connected.
Countless wondrous messages
Ascend and descend without number.

Caught in wonder and awe,
Following the signals sent,
Countless veils of mystery,
I lift one by one,
Climbing endlessly upwards.

We are all
On the road of
Insatiable longing
Towards the beyond,
We live with it in our hearts.

길 위에서

너머에서 왔기에
거기를 바라보리
안 보이고 안 들리지만
마음에 닿아 끌기에
늘 거기로 기울이지

숨어 있는 네트워크
오묘한 무선통신으로
서로 연결되어 있으리
놀라운 메시지가 수없이
위아래를 오르내리지

경이와 경외에 잡혀
보내오는 신호를 따라
무수히 가려진 신비의
장막을 하나씩 들치며
한없이 위로 기어오르지

우리는 모두
저 너머를 향한
채울 수 없는
갈망의 길 위에서
그리움을 품고 살아가리

Problem

Thirst and hunger,
What issue could there be?
Thanks to them,
We keep living on.

The problem lies
In the object and the goal,
Whether it is a means or an end,
It depends on that.

Spouting flames,
Cutting through the sky, soaring,
Where is it heading, what for,
Or whom is it rushing to meet?

The problem with desire
Is not the launch pad,
But the destination.
It's the difference between heaven and earth.

문제

목마르고 배고픈 게
무슨 문제이겠나
그 덕분에
살아가고 있지

대상과 목표가
문제겠지
수단인지 목적인지
따라 달라지리

불꽃을 뿜어내며
하늘을 가르고 치솟는다
무얼 하러 어디로 가는지
누굴 만나러 달리는지

열망의 문제는
발사대이기보다
목표지점이겠지
하늘과 땅 차이지

Whistling

In an unexpected moment,
Out of nowhere,
Comes the sound of a whistle.

I wake up and look outside,
A meteor shower is in full swing.
Riding on the whistle,
A message flies in.

It's filled to the brim
With letters or symbols,
Clearly, it's an important notice.

I look it over carefully,
And I can guess who sent it,
But I'm still unable
To decipher it.

Blowing the whistle to wake me up,
Revealing the wonder of the meteor shower,
It's trying to open the eyes of my soul.

휘파람

어느 땐데
난데없이
휘파람 소리이지

잠이 깨어 내다보니
유성우가 한창이네
휘파람을 타고
메시지가 날아들지

글씨인지 부호인지
가득히 메워진 걸 보니
분명 중요한 통보 이리

이리저리 살펴보니
누가 보내는지는
짐작 가는데 아직
판독은 못 하고 있지

휘파람을 불어 깨워대며
유성우의 경이를 드러내어
심령의 눈을 밝혀 가려나

Hands and Arms

Running along the forest path by the stream,
A figure in black with a red hat
Raises the arms high, reaching for the sky,
Eagerly swinging diligently to and fro
To embrace a generous gift.

Seeing that the motions have ceased,
She must have embraced what she desired.
Whether it was given or snatched,
Or merely pretending to have received it
With an empty heart.

Hands spread out to grasp,
Arms opened to embrace,
Whoever or whatever it is,
It must have already been embraced,
Whether it's real or an illusion.

손과 팔

냇가 숲길을 달리는
검은 옷의 빨간 모자
팔을 높이 치켜올려
한 아름 안아 들이려
부지런히 휘두르지

움직임이 그친 걸 보니
원하는 걸 안았으리
주는 걸 받은 건지
가로채 뺏은 건지
받은 척 빈 가슴인지

잡으려 펼친 손
안으려 벌린 팔
누군지 무엇인지
이미 잡아 안았으리
실상이든 허상이든

Genetic Code

What are you gazing at
So intently?
Whom am I waiting for
With such a craned neck?

Inside our DNA,
The genes that gaze flutter,
The genes that wait breathe,
The gene of immortality is deeply embedded.

To recognize the signal,
To grasp the news,
To keep the promise,
We stare and wait.

The gene is a deeply engraved promise,
The signal is a call sent by the promise,
What is written will be fulfilled,
An indelible promise.

유전암호

너는 무얼 그렇게
뚫어지게 바라보는지
나는 누구를 이렇게
목을 빼어 기다리는지

우리의 DNA 안에는
바라보는 유전자가 퍼덕이지
기다리는 유전자가 숨 쉬지
영생 유전자가 깊이 새겨 있지

신호를 알아채려
소식을 붙들어
약속을 간직하려
바라보며 기다리리

유전자는 깊이 새겨 넣은 약속
신호는 약속이 보내는 부름
써넣은 대로 이루어지리
지워질 수 없는 약속이지

Seizing Time

It must have been
around this time,
You were trying to cross,
And I, to climb.

How rather than where,
And what rather than when,
Are told to be more important,
In seeking the meaning
Of the journey.

Crossing is all about
 riding the waves.
Climbing is all about
seizing time.
Both are endless journeys.

Standing here now,
What is revealed?
How did I climb up?
What did you cross?

시간 잡기

그때가 아마도
이맘때 이리
너는 건너려 했고
나는 오르려 했으리

어디보다도
어떻게 가
어느 때보다도
무엇인가 가
더 의미 있다 하지

건너는 일은
파도타기
오르는 일은
시간 잡기
한없는 행진이지

지금 여기 서니
무엇이 드러나지
어떻게 올라왔는지
무얼 건너왔는지

The X-Factor

When you are complacent in your abilities,

Your discernment becomes clouded.

You will often make mistakes.

If you lean to one side,

You will fall in that direction.

May it not be an endless fall.

Because you didn't have an experience

That touched your heart,

You lost the basics of discernment.

You will be deeply immersed in yourself.

The ants gather in swarms,

Busily preparing and bustling about,

Readying themselves for the impending monsoon.

As the unknown factor

Is hidden by arrogance,

You'll not able to see the signs of the times.

미지의 요인

능력에 자만하다 보니
분별력이 흐려져 가지
자주 실족하게 되리

쏠리면 기울어져
그쪽으로 쓰러지지
끝없는 추락 아니길

가슴 울린 체험이 없기에
분별의 기본을 잃었지
자기 안에 깊이 매몰되리

개미가 떼를 지어
동분서주하고 있지
다가올 장마를 대비하리

미지의 요인이
오만으로 가려지니
시대의 표적을 못 보리

Unseen, Yet Present

Unseen, yet present,
It dwells within.

A light waiting
In the darkness,
A joyful smile hidden
Within tears,
Eyes that sprout
From what has withered.

Unheard, yet alive,
It lives within.

The whisper of spring breeze
Crouching within winter,
A calling voice
From beyond the horizon,
The sound of a joyful pulse
Stirring the void.

안보이지만

안보이지만
그 안에 있지

어둠 안에서
기다리는 빛
눈물 안에 숨긴
기쁨의 미소
시든 데서
돋아나는 눈

안 들리는데
그 안에 살지

겨울 안에 웅크린
봄바람 소리
지평 너머에서
불러대는 소리
공허를 흔드는
환희의 맥박 소리

제4부

카운트다운

Part IV

Countdown

Countdown

The countdown is indeed
The moment of truth.

If we pass
The final inspection,

We will seize the opportunity
For amazing joy.

We will rise up to
Another different tomorrow.

Everyone in the world
Lives in the middle of this.

카운트다운

초읽기는 실로
진실의 순간

최종 점검을
넘게 된다면

놀라운 환희의
기회를 만끽하리

또 다를 내일로
솟아오르지

세상 모두는
이 가운데 살지

Triumph

Even when the trumpets of triumph
blare across the sky,
Earthquakes erupt lava.

Across the battlefield strewn with corpses,
Where defeated soldiers flee,
The sky remains clear and blindingly blue.

In the eyes that gaze upward,
The river always flows serenely,
And the kite soars high.

Who is the victor of today?
Who is the victor of the century?
Who is the victor of eternity?

개선

개선의 행진 나팔이
하늘에 울려 퍼지는 날에도
지진은 용암을 분출하지

패잔병이 도망쳐 가는
시체 깔린 산야에도
하늘은 푸르고 눈부시리

머리 들어 바라보는 눈엔
강은 언제나 유유히 흐르지
솔개는 높이 솟아오르지

누가 오늘의 개선장군이지
누가 세기의 개선장군이지
누가 영원의 개선장군이지

A Speck of Dust

A fleeting moment of glory,

A mere speck of dust,

We, travelers, passing through

This world of splendor and dust.

Though we know it well,

With all our heart and soul,

We struggle our whole lives to grasp it.

Are we obsessed with it because we're mortal?

It must be driven by our survival instinct.

It must be a deep-seated desire

To catch even a speck of dust.

Even if it's only for a moment of glory,

We're eager to grasp and fly away with it.

티끌

찰나의 영화이지
날아가는 티끌이지
영화와 티끌세상을
스쳐 가는 나그네들

잘 알고 있으련만
몸과 마음 뜻을 다해
잡으려 평생 발버둥이치지
사라지기에 집착하는지
심어 넣어준 생존본능이지

티끌이라도 잡고 싶은
깊이 도사린 갈망이겠지
찰나의 영화라도 끝내
잡아들고 날려 가려 서리

Sight

What is scattering
And disappearing here is,
What is flowing in
And gathering there.

When your sight aligns right,
You will see the scheduled order,
Sadness and regret transform,
Becoming anticipation and joy.

The clutter will
Clear away like fog,
And the time of encounter
Silently approaches.

All things return to
Their proper stations,
Yet where have you
Built your nest?

시각

여기서는
흩어져 사라지는 게
저기서는
흘러와 모이는 것

시각이 제대로 잡히면
예정된 순서를 보게 되리
아쉬움도 서러움도
기다림과 기쁨이 되리

어수선하던 때가
안개처럼 걷혀가며
마주 서는 시간이
말없이 다가오리

모두 자리 대로
돌아가고 있는데
너는 어디에
둥지를 틀었는지

Climax

Every climax is accompanied by
A trembling.

The climax of ecstasy,
The zenith of sorrow,
Like two faces of a supernova,
The apex of creation,
The peak of extinction.
Splendor and withering
Are always mixed together.

It's not only the climax that's the climax,
Every moment is a climax.

Even if we live within the apex,
We don't know because we are dull.
Throughout the macrocosm and microcosm,
The flames of every moment
Forge the chain of climax.
The acme of destruction
Is the apex of creation.

Every culmination is accompanied by
A resonance.

절정

모든 절정에는
떨림이 있지

환희의 절정
비애의 극치
초신성의 양면이지
생성의 정점
소멸의 극치이지
영화와 조락은
늘 함께 섞이지

절정만이 절정이 아니지
모든 순간이 절정이지

정점 안에 살며
무더기에 모르리
대 소우주 어디나
매 순간의 불꽃이
절정의 사슬을 이루리
소멸의 절정이
생성의 정점이지

모든 정점에는
울림이 있지

Vanguard

Carrying the burden of the world alone,

Navigating the path of the universe,

How long are you going to call yourself a brave And peerless

vanguard?

Are you always confident?

Are you anxious and worried everywhere?

Are you scared, but there's no way to avoid it?

Is there someone you can lean on?

In the eyes that only see the confrontation,

It's a dark valley of suffering and agony.

In the heart of conciliation,

The world will become wider and richer.

A new day dawns.

You have to go out into the world and face it.

Still everything,

Do you want to handle it alone?

선봉장

세상의 짐을 홀로 지고
우주의 길을 헤쳐가는
용맹 무쌍한 선봉자로
어느 때까지 자처하려나

언제나 자신만만인지
어디서나 노심초사인지
두려우나 피할 길 없어선가
누군가 믿는 데가 있어선가

대결만 보는 눈에는
고난과 고뇌의 골짜기이지
양보하는 마음에는
세상은 넓어지고 풍요하리

새날이 밝아오지
세상을 나가 맞아야지
아직도 모든 걸
홀로 감당하려느냐

Easter 2024

It seemed like it was going
To bloom,, but it was hesitant.
It finally blossoms today.
This will bring glory on
The day of resurrection.

Is that possible?
Can it really be?
A miracle has happened,
This is truly the long-awaited day,
The joy of conviction blooms brightly.

Those who believe because they have seen,
Those who believe even without seeing,
Those who see and yet do not believe,
All will be embraced equally
In the light of glory.

Things that have budded,
Things in full bloom,
Flower petals flying away,
All are full of glorious light,
Under the beautiful sky.

부활절 2024

필 듯 피어날 듯
머뭇거리더니
오늘에야 활짝 피네
부활의 날에
영광을 올리려나

그럴 수 있을 건가
정말 그럴 건가 하더니
기적이 일어났지
진정 고대하던 날이지
확신의 기쁨이 활짝 피리

보았기에 믿는 이
안 보아도 믿는 이
보고도 안 믿는 이
모두에게 골고루
영광의 빛을 안겨주리

봉오리 진 것들
만개한 것들
날려가는 꽃잎들
아름다운 하늘 아래
모두 영광의 빛 가득하지

Across the Divide

I've just realized
That there's a front and a back.
I wonder when I'll ever fully grasp
The existence of the other side.

The wolf howls
At the sight of the moon.
The dog goes crazy
At the sight of a solar eclipse.

It's so shocking
That we might faint,
So he'll show us one by one
When the time is right.

건너편

앞과 뒤가 있는걸
이제 겨우 알았지
건너편이 있는 건
언제나 깨닫게 될지

늑대가 달을 보고
울부짖는다
개는 일식을 보고
혼비백산하지

너무나 놀라워
혼절하겠기에
때가 되어야
하나씩 보여주리

Ostrich

Without walking,

the ability to walk fades.

Without running,

the ability to run fades.

Without flying,

the ability to fly fades.

The stubborn ostrich.

Without seeing,

the ability to see fades.

Without listening,

the ability to hear fades.

Without embracing,

the ability to love fades.

The longing for the other side.

Without writing,

the ability to write fades.

Without drawing,

the ability to draw fades.

Without blowing,

the ability to blow fades.

The trumpet player.

타조

안 걸면 못 걷게 되리
안 뛰면 못 뛰게 되리
안 날면 못 날게 되리
완강한 타조

안 보면 못 보게 되리
안 들으면 못 듣게 되리
안 품으면 못 품게 되리
피안의 동경

안 쓰면 못 쓰게 되리
안 그리면 못 그리게 되리
안 불면 못 불게 되리
트럼펫 연주자

Beyond the River

Around this time that day,
Snowflakes blanket the earth and sky.
Without a word between us,
We hold hands tightly.
You and I gaze deeply
into each other's eyes.

In the blink of an eye,
Your look fades, and you are already
On the other side of the river.
Snow obscures my vision,
And I can no longer know
What has become of you there.

A mysterious circuit of reminiscence
has been preserved in your heart,
And you'll be able to live here again.
The wings of imagination are so
 wonderfully attached upon my soul that
I will look ahead of time beyond the river.

강 저편

그날 이맘때도
함박눈이 천지를 덮지
서로 아무 말 없이
손에 손을 굳게 잡지
너와 나는 서로의 눈을
깊이깊이 들여다보리

하염없이 네 모습이
희미해지며 너는 벌써
강 저편에 가 있었지
눈이 온통 저편을 가려
거기서 어찌 되었는지
더는 너의 길 알 수 없지

회상의 오묘한 회로가
네 마음에 간직되었으니
여기를 다시 살게 되리
상상의 날개가 놀랍게
내 영혼에 달렸기에
저편을 미리 넘겨 보리

Reality and Illusion

Ever swaying,
Relentlessly rushing,
What seems real is illusion,
What seems illusion is real.

All, towards the source,
Endlessly running,
The interchange of reality and illusion,
The dispersion and union of energy.

Vanishing and emerging,
The pilgrimage of particles,
Both real and illusory,
They are everywhere and nowhere.

So it seems,
But it is not so,
After one rotation,
It is truly so.

실상과 허상

끊임없이 흔들리며
거침없이 질주하지
실상인 듯 허상이고
허상인 듯 실상이지

모두는 원천을 향해
한없이 달려가는
실상과 허상의 교체
에너지의 분산과 결합이지

사라지고 돋아나는
소립자들의 행각
실상이며 허상이지
어디나 있고 어디도 없지

그렇게 보일 뿐
실은 아니고
한 바퀴 돌면
실로 그렇지

Face to Face

Gazing into each other's eyes,
A signal from someone,
The link has already been established.

What melodies are preserved within
The resonating heartstrings,
Light, wind, and clouds brushing past?

Waves of time and space,
Coming and going between heaven and earth,
Drawing elaborate patterns.

Yesterday, today, and tomorrow,
Facing each other, interlocking fingers,
Uniting here and there.

대면

서로 마주 바라보는 건
누군가의 신호에서리
이미 고리 지어진 거지

빛과 바람과 구름이
스치며 울려간 심금엔
어떤 가락이 간직되지

하늘과 땅 사이 오고 간
시공의 물결이 둘레둘레
정교한 나이테를 그리지

어제와 오늘과 내일이
서로 대면해 깍지를 끼지
여기와 거기를 동여매 가리

Stadium

Since I don't know the outcome,

I'll run to the finish line.

Because it is hidden,

I'll run with all my might,

Believing in

Endless possibilities,

Hidden behind the curtain,

It's filled with wonders,

Living in awe.

It's a pity I don't know,

I long to know earnestly,

I'll pour my heart and soul into it.

Those riding the waves,

Those spewing fire,

How joyful they are unable to see ahead.

The day when victory or defeat is declared in advance,

The stadium will be closed,

The kingdom will have no place to stand.

경기장

결과를 모르니
결승선까지
달려 나가리
가려져 있기에
무한의 가능성을 믿고
있는 힘 다해 뛰리

장막 뒤에 있기에
신비가 가득하지
경이 가운데 살리
모르니 안타까워
애타게 알고 싶어
심혈을 기울이지

파도를 타는 이들
불길을 뿜는 것들
앞을 못 보니 기쁘리
승패를 미리 공표하는 날
경기장은 문을 닫게 되리
왕국은 설 자리가 없으리

Passage Rite

Oh, what a wondrous and

Beautiful

Rite of passage.

Donning special attire,

Bearing a unique mission,

One shall pass through here.

Beyond the season of joys and sorrows,

Into the eternal realm,

It is an astonishing path of destiny.

We must depart,

Towards the land of freedom,

We must separate.

Truly poignant, yet

An inexplicable

Beauty it is.

통과의식

실로 경이롭고
아름다운
통과의식이네

특별한 옷을 입고
독특한 임무 띠고
여기를 지나가지

애환의 계절 지나서
영원한 나라에 드는
놀라운 운명의 길이지

자유의 나라 향해
떠나가야 하지
갈라져야 하리

진정 슬프지만
불가사의한
아름다움이지

Digger

What are you so
Passionate about digging?
But you're already digging for spring.

I'm sorry for misunderstanding
That you're doing it just for you.
You dig it up and plant seedlings.

The digger must be
Drawn to something
To do it like that.

In the process of digging,
You might see
The one who planted it.

If you keep going down that path,
You might dig up something
Amazing that you can't even imagine.

캐내는 사람

무엇에 그렇게
열중인가 했더니
벌써 봄을 캐내고 있어

저만 채우는 줄로
오해해서 미안
캐서 모종을 한다네

캐내는 이는 분명
무언가에 끌려
그렇게 하게 되리

캐내는 가운데
모르는 사이
심은 이를 보게 되리

그길로 계속 들어가면
봄뿐이랴 상상 못 할
 놀라운 걸 캐내게 되리

My Own Time

A bird sits alone on a treetop by the river,
Its head turned towards the distant sky,
But where and what are its eyes staring at?
Perhaps it's taking its own private time.

Does the domain it clicked
Open as expected?
Are information and conversations satisfactory?
Are there any problems due to connection errors?
Is its password constantly being rejected?

Is your own time
Truly your own private time?
It's a time when you're trying to meet someone
Because choices are difficult and frightening,

In the profound stillness
Where all noise is banished,
A time to lend an ear closely
To the subtle whispers
That resonate within the soul.

나만의 시간

냇가 우둠지에 앉은 새
먼 하늘로 머리는 돌렸는데
눈은 어디의 무얼 응시하나
저만의 시간을 갖는 중이리

클릭해 가는 도메인은
기대대로 잘 열려가는지
정보와 대화는 만족스러운지
접속 오류로 문제는 없는지
비밀번호가 자꾸 거부되는지

저만의 시간은 실로
저 혼자만의 시간인지
선택이 어렵고 두려워
누군갈 만나려는 시간이지

안과 밖에서
소음이 제거된
깊은 고요 가운데
영혼에 울려올 미묘한
속삭임에 귀 기울일 시간이지

Waves

Isn't everything we do
An attempt to live?
Even the most earnest and noble
Decisions to die
Ultimately lead us back to life.

You know that what's yours
Doesn't belong to you.
Since it's not yours
All that you want to do
Won't always work out that way.

It's so hard
And you're exhausted,
But all of this
Are just waves you must overcome
To enter the path of life.

파도

모든 게 살려고
하는 일 아닌지
절실하고 숭고한
죽음의 결단도
결국 다시 살려서지

네가 네 것
아닌 건 알리
네 것이 아니니
네가 하려는 대로
모두 그리 안 되리

너무 힘들어
탈진했어도
이게 모두
살길로 들어가는
넘어야 할 파도이지

Impregnable Fortress

A single passage flies in and
Touches the heartstrings,
Making my steel heart melt.

A single paragraph of words
Pierces the center of my mind,
And the impregnable fortress will fall.

The perspective will shift,
My priorities will change,
I will hold on to the holy grace.

Whose gift is this?
Amazing ability of the light arrow,
The surging power of rebirth.

철옹성

한 악절이 날아 들어와
심금을 퉁기니
강철 심장이 녹아나지

한 단락 말 화살이
마음 중심에 박히니
철옹성이 무너지리

시각이 달라져 가리
우선순위가 뒤바뀌리
거룩한 은혜를 붙잡으리

누가 보내준 선물이지
놀라운 빛 화살의 능력
솟아오르는 소생의 힘

Bystander

Living in this world
There are three kinds of people
Believers
Rebels
Bystanders

Not enough
to believe
Too overwhelmed
to rebel
Becoming a bystander

Even at the crossroads
Of life and death
Trapped within reason
Unable to make a decision
Remaining a bystander

Did you reject the outstretched hand?
Did you hesitate and fail to see?
You still remain a bystander
It's a hurdle race
That cannot be overcome alone
Without someone to lead

방관자

세상에 사는
세 부류 사람
신봉자
반역자
방관자

신봉하기엔
아직 모자라고
반역하려니
너무나 벅차
방관자가 되리

삶과 죽음의
갈림길에서도
이성 안에 갇혀
결단을 못 내린 채
방관자로 남으려나

내민 손을 뿌리쳤는지
주저하느라 못 보았는지
아직도 방관자로 남아 있지
이끄는 이 없이 혼자서는
못 넘는 장애물경주이지

Buds

On a day when the wind changes direction,
Setting a course for the southeast,
The sky will be dazzling,
And the forest will be wonderfully still.

Soon, the sound of departure
Will echo through the mountains and rivers.
Magnolia, forsythia,
Azalea, and cherries,
Following the signal, will open their flower buds,

What preparation is there?
Time has already arranged it all,
Gathering together what is not yet complete,
It will lift it up and make it bloom.

Willows with their tops cut off
Embrace the spring light in the midst of trials,
Pitiful reeds by the stream
Are staring at something in the wind,
Soon, buds will sprout.

새싹

바람이 방향을 돌려
동남으로 길을 잡는 날
하늘은 눈부시고
숲은 놀랍게 고요하리

이제 곧 출발 탄이
강산에 울려 퍼지리
목련도 개나리도
진달래도 버찌도
신호 따라 꽃눈을 트리

준비가 따로 있으랴
시간이 모두 마련해주지
미달한 것도 함께 잡아
끌어올려 피어 내주리

우둠지 잘린 수양버들
시련 가운데 봄빛을 품지
가여운 냇가 갈대꽃들
바람 속에 뭔갈 응시하지
곧 새싹이 돋아 오르리

제5부
바람개비

Part V

Weather Vane

Embrace

In the embrace of true freedom,
Where boundaries dissolve and spirits soar,
I find myself utterly captivated,
Amazed by the joy that's liberated.

No longer tethered by external chains,
The soul finds solace in its boundless reign,
Surrendering fully to the moment's embrace,
Where love and liberation interlace.

Overwhelmed by the power to revere,
I'm gifted with wonder, my soul drawing near,
Entrusting all to this sacred domain,
Where miracles blossom, casting away all pain.

Held tightly in this embrace so true,
Where freedom's essence shines anew,
In this sanctuary, my spirit soars,
Forever bound to freedom's shores.

포옹

진정한 자유에
사로잡히니
놀라운 환희 안에서
자유를 구가하지

완전히 잡혀
그 안에 사니
진수를 깨달아
모두를 바치리

경외의 능력에
사로잡히니
경이의 선물을 받아
모두를 맡기지

기적이 펼쳐지지
온전히 붙들릴 때
진정한 자유의
포옹 속에서

Infinite Gliding

Ascending, we find yet another height,
An endless expanse, ever beyond sight.
Descending, we encounter depths anew,
An infinite below, forever below.

This is to keep us from being trapped,
So we can glide through infinity.

Unfurling the gates of infinitude's vast domain,
We seek to expand our perception's terrain.
Unleashing the symphony of the infinitesimal,
Our minds could not hold on to it.

Granting us boundless pathways,
Empowering us to soar into eternity.

무한 활공

위에 오르니 또 위
한없는 위의 위
아래 닿으면 또 아래
끝없는 아래의 아래

갇히지 않게 하려 서지
무한을 활공케 하려 서지

인식을 열어두려
무한 대를 펼쳐두었지
인식이 못 붙들게
무한 소를 열어두었지

한없는 길을 열어줘
무궁을 활공케 하려 서지

Weather Vane

Following the weather vane,
Signal of time,
The storm clouds will drift away,
And waves of light will surge in.

Since fear lurks everywhere
And pain always waits in hiding,
The trumpet of anger blares loudly,
The flute of supplication soars high.

May the dark echoes
of parting sorrow
Not obscure
The joy of meeting.

While the warm light
Still remains with you,
Savor the solace within,
Until the next door opens.

The wind chime signal urges you on,
To prepare for the path ahead,
Into the wondrous light beyond,
Before winter draws near.

바람개비

시간의 바람개비
신호를 따라서
먹구름은 날려가고
빛 파도가 밀려오리

두렴은 어디나 도사려 있고
아픔은 언제나 숨어 기다리니
분노의 나팔 소리 요란하리
간구의 피리 소리 드높으리

헤어지는 슬픔의
어두운 여운이
만나는 기쁨을
가리지는 못하리

따듯한 빛이 아직도
너와 함께 남아 있을 때
그 안의 위로를 만끽하라
다음 문이 열릴 때까지

바람개비 신호가 재촉하지
너머의 놀라운 빛 가운데로
가야 할 길채비 하란다
겨울이 다가오기 전에

A Speck in a Moment

A speck in the universe,

A speck on Earth,

Invisible,

In this speck,

The universe lies.

An astonishing speck.

Because there is a moment,

There is Earth,

There is the galaxy,

There is the universe.

If there were no moment,

There would be nothing.

Whether there is a speck

Or not,

Earth doesn't care.

To the galaxy or the universe,

This speck is

Neither here nor there.

한순간 한점

우주의 한점인
지구의 한점
보이지 않는
이 한점에
우주가 들어 있지
놀라운 한점이지

한순간이 있기에
지구가 있지
은하가 있지
우주가 있지
한순간이 없다면
아무것도 없지

한점이 있거나
없거나
지구는 개의치 않아
은하에도 우주에도
이 한점은
있으나 마나지

Practice

When there is division, there is unease,
Trying to mend the rifts,
How far, and where must we wander?

Between understanding and practice,
Lies the distance of head and heart,
Yet, it's the chasm between heaven and earth.

Without experience,
Practice fails to follow
As understood.

When the wind blows, everything sways,
A fair wind will bring us together,
A headwind will only split us further.

A fair wind is a special gift,
It cannot be bought with anything,
Yet it can be drawn with the cord of supplication.

When the favorable breeze blows,
And we are bathed in its light,
We become firmly nailed as witnesses.

실천

분열이 있으니 불안하리
갈라진 틈을 메꿔보려
얼마나 어디를 방황할 건가

이해와 실천 사이는
머리와 가슴 거리지만
하늘과 땅 차이이지

체험이 없으니
이해하는 대로
실천이 못 따르리

바람이 불면 모두 흔들리지
순풍이면 서로 만나게 되리
역풍이면 더 갈라져 가리

순풍은 특별한 선물
무엇으로도 살 수 없으나
간구의 끈으로는 당겨지리

순풍이 불어와
빛을 듬뿍 받더니
증인으로 못이 박히지

Incomplete

Earth, a fragment of the sun's embrace,
The galaxy, a wisp in the cosmos' vast space.

The dance of parts comes together,
To form the completion of the whole.

As assigned in space-time,
The best is the destiny of the parts.

The best of the incompleteness is piled up,
To build the golden tower of completion.

Completion is the sovereignty of the whole,
Incompleteness is the fate of the parts.

Completion is the glory of heaven,
The best is the honor of earth.

미완성

지구는 태양의 부분
은하는 우주의 부분

부분의 회전이 모여
본체의 완성을 이루지

시공간에 할당된 대로
최선은 부분의 숙명

미완성의 최선이 쌓여
완성의 금자탑을 세우지

완성은 본체의 주권
미완성은 부분의 운명

완성은 하늘의 영광
최선은 땅의 영화

The Link

Before we part ways,
Let's see each other's faces briefly.
It's better to avoid,
Troublesome things.

Let's keep the good things close,
And shun the bad things away.
Let's put aside all pretenses
And meet across the river.
Since we're already dim now,
How will we recognize each other there?
Let's put away such worries.

In a land where each day is a marvel,
Where miracles are commonplace,
Reconnecting the missing link
Will be easier than flipping a coin.

연결고리

서로 헤어지기 전에
얼굴이나 잠시 보자니
번거로운 일이랑
안 하는 게 상책이란다

좋은 건 자꾸 벌리고
추한 건 멀리하잔다
겉치레는 다 접어두고
강 건너가서 만나잔다
지금도 아물거리는데
어찌 거기서 알아보리
그런 걱정은 접으란다

매 일이 경이인 나라
기적이 다반사인데
연결고리 다시 맞추기야
동전 뒤집기보다 더 쉬우리

Parallel Universe

To subdue the stress hormones,

To fan the flames of the joy's circuits,

To burn away boredom,

I'll leave my daily life behind and embark on a journey,

I'll ascend to the orbit of the parallel universe,

Which is more captivating than flowers and stars.

To fully savor freedom,

To soak up comfort to the fullest,

I dash along the path.

Beware of the mirage,

If you ride on a hasty heart,

You'll fall into a dead end from which you cannot escape.

The parallel universe of comfort,

The expanding universe of peace,

It is the passage leading to the homeland.

평행우주

긴장 호르몬을 잠재우려
기쁨의 회로를 부추기려
지루함을 불사라 버리려

일상을 비우고 길을 떠나리
꽃과 별보다 더 마음을 끄는
평행우주의 궤도에 오르지

자유를 만끽하려
위로를 흠뻑 받으려
달려 들어가는 길이지

호사다마를 경계하시라
급한 마음이 잘 못 타면
헤어 못날 궁지에 빠지리

위로의 평행우주
평화의 팽창우주
본고장에 이르는 통로이지

Legend

A legend is the enduring
Heartbeat and breath.
A tapestry of genealogy
Woven with light and shadow.

All living beings,
Across time and space,
Interweave legends
With marvelous threads and jewels.

Anecdotes resonating with joys and sorrows,
Myths studded with anguish and supplications,
Epics imbued with instincts and emotions,
Chronicles of wisdom pierced by imagination and intuition.

On the mysterious stage of history,
Guided by the director's call,
Each one is a protagonist destined
To craft their own astonishing legend.

전설

전설은 유구한
맥박과 숨소리
빛과 그림자가 짜가는
계보의 태피스트리

살아가는 모두는
시공간을 넘어
전설을 엮어가는
경이로운 끈과 보석들

애환의 울림이 담긴 야사
고뇌와 간구가 점철된 신화
본능과 감정에 물들여진 시대극
상상과 직관이 꿰뚫은 혜안의 연대기

신비로운 역사의 무대에서
연출가의 지시를 따라
각자는 놀라운 전설을
지어가게 내려진 주연자이지

Aligning the Time

How can I ascend to the heavens
Adorned with stars?
The ladder I've long dreamed of,

Will its owner one day descend,
And become my companion
On this journey?

As my eyes open with newfound clarity,
The heavens, not the earth,
Gradually fill my vision.

With each new understanding,
My reactions follow suit,
Mimicking the steps of my companion.

I thought I was close to reaching the heavens,
But the distance between the heavens and earth,
Is far greater than it appears from below.

The journey up the ladder is
A process of aligning
Earthly time with heavenly time.

시간 맞추기

별빛 유난한 하늘로
어떻게 하면 올라갈지
예부터 꿈꾸던 사다리

사다리 주인이
언젠가는 찾아 내려와
길동무가 되어 주겠지

눈이 새롭게 떠지며
땅 대신 하늘 것이
자꾸 안에 채워져 가리

새 반응이 꼬리를 물며
더 깊은 이해와 함께
길동무의 흉내를 내지

하늘에 곧 닿을 줄로 알았지
올라가야 할 하늘과 땅의 거리는
땅에서 보기와는 아주 다르리

사다리 오르는 여정은
하늘의 시간에 땅 시간을
맞추어 가는 과정이지

World of Snowflakes

With the snow that fell last night,
The forest path is a world of snowflakes.
A bird perched high on the treetop,
Is captivated by the marvelous snowy landscape.

Surveying the wondrous time and space,
Soaring in a state of selfless absorption,
Perhaps growing excessively grandiose,
Rising in self-indulgence.

The snowflakes will soon be blown away by the wind,
And your heart and mind will also be shaken.
The sky that bestowed a fleeting gift,
From afar, will watch your movements.

눈꽃 세상

어젯밤 내린 눈으로
숲길이 온통 눈꽃 세상이네
우듬지에 높이 앉은 새
놀라운 설경에 푹 빠졌지

경이로운 시공을 조망하며
무아지경을 활공하는지
호연지기를 지나치게 키워
자기도취에 들려 오르는지

눈꽃이 곧 바람에 날려가리
네 머리와 가슴도 흔들리지
깜박 선물을 내려준 하늘이
먼발치서 네 거동을 살피리

Vines

When May roses climb the vines
Crawling up the walls,
The lush green leaves
Emit a rich fragrance into the world.

The path is never walked alone,
As the fresh light carried by the warm breeze,
Deeply permeates the body and mind,
The soul climbs the vine ad ascends to the sky.

To see beyond, it climbs higher,
Beckoning with a glance, eager to reach,
Growing close together, forming a vine,
They soothe each other's hearts and souls.

The vine is the synapse connecting hopes,
Constantly and unhesitatingly stretching
Toward the place of call and the desired time,
It grows upward, following the irresistible beckon.

덩굴

오월 장미가 덩굴을 타고
담장을 기어오르는 때면
우거져 가는 초록 잎들은
짙은 향기를 천지에 뿜어내지

가는 길은 언제나 홀로 아니지
싱그러운 빛이 훈풍에 실려
몸과 마음에 깊이 스며들어 오면
영혼은 덩굴을 타고 하늘로 오르지

넘어보려고 기어오르리
눈짓하니 가고 싶어 달려가리
가까이 함께 덩굴 지어가며
마음과 혼을 서로 달래려 하지

덩굴은 소망을 연결 짓는 시냅스
부르는 곳 바라는 때를 향해
끊임없이 주저 없이 뻗어나가지
거역 못 할 손짓 따라 자라오르리

Vast and Unknown

Constantly sending,

Knocking ceaselessly,

But unknowingly dark,

We are just living on.

The Earth is pulled and spins,

The galaxy spins and turns,

Since we don't feel it,

The reason for it must be unfathomable.

Since we don't feel it,

And don't know,

Who's doing it?

It seems even more vast and unknown.

But why do we

Gaze at the distant mountains,

Draw the other side of the sea,

Strive to soar high into the sky?

까마아득하지

끊임없이 보내
두드리는데
까맣게 모르고
그저 살아가지

지구도 끌려 돌고
은하도 돌고 돌지
느끼지 못하니
왜인지는 까마아득하리

느끼지 못하고
알지 못하니
누가 그러는지야
더 까마아득하지

그런데 왜인지
먼 산 너머를 응시하지
바다 건너를 그려가지
하늘 높이 솟으려 하지

The Land of Awe

On the path of self-inflicted suffering,
Where we bite our own tails,
With a plea for help,
I catch a glimpse of the land of awe.

What I couldn't see,
I can now see.
What I couldn't hear,
I can now hear.

Without asking,
Without answering,
Heart to heart,
We know each other.

To hold on is to lose,
To die is to live,
In the land of awe,
It is so for all.

No matter how hard we try,
Until we meet,
We can only fumble,
That is all.

경탄의 나라

꼬리를 물고 무는
자승자박의 길에서
탄원의 소리 높더니
경탄의 나라를 흘긋 보이네

안 보이던걸
보게 되네
못 듣던걸
듣게 되네

묻지 않고
대답 안 해도
이심전심으로
서로 다 알지

붙들려면 잃게 되고
죽어야 살게 된다네
경탄의 나라에선
모두가 이러하다네

제아무리 모두
짜내보아도
만날 때까진
더듬을 뿐이지

When Will That Time Come?

How much longer must I wait?

Until everything is fulfilled?

Who knows when that time will be?

The more impatient I am, the more I'll eat unripe fruit,

The longer I wait, the more abundant gifts I'll will receive.

Have you ever counted grains of sand?

Have you ever scooped up the ocean?

What seemed like it would never end, has ended,

What seemed like it would end, will not end.

It is the path to the land of eternal joy.

그때가 언제이지

얼마나 더 기다려야 하지
모두를 이루게 될 때까지리
그때가 언제인 걸 누가 아는지

조급할수록 설익은 과일 먹으리
오래일수록 풍성한 선물 받게 되리
모래알을 헤아려 본 적 있으신지
바닷물을 퍼 올려본 일 있으신가

끝날 것 같지 않던 게 끝나고
끝날 듯 같던 게 끝나지 않으리
영원한 기쁨의 나라로 가는 길이지

Spring Breeze

The spring breeze, bathed in light,
Sprinkles it generously on the riverside forest.
Everyone opens their mouths and fills their hearts
With the wind to their heart's content.

The dark and damp corners,
Where mold has grown,
The piled-up debris,
Open their eyes to the bright light.

To breathe in the wind even deeper,
I will raise a kite high.
If I play with the kite for a long time,
Wings will grow on me without me knowing.

Shall I fly closer to the light
And touch it?
If I fly high, carried by the light,
I will reach the land of my dreams.

봄바람

봄바람이 빛을 듬뿍 받아
강변 숲에 고루 뿌려주니
모두 입을 벌리고 바람을
마음껏 가슴 안에 채우지

어둡고 눅눅해
곰팡 핀 구석들
쌓여가던 찌꺼기들
화창한 빛에 눈을 뜨리

바람을 더 깊이 마시려
연을 높이 떠 올려 보리
오래 연을 타고 놀다 보면
어느 사이 날개가 달려지지

빛 속으로 더 가까이
들어가 만져 보려나
빛에 실려 높이 날다 보면
그리는 나라에 이르게 되리

Entrance

Our entire life
Is a story of entrances and exits.

Knocking on the entrance,
We pour out our heart and soul.
Searching for the exit,
We shed blood, sweat and tears.

As we step into the entrance,
The path we seek is the exit.
When we emerge from the exit,
The next path is again an entrance.

From entrance to exit,
From exit to entrance,
We pass through countless tunnels
In a journey of mystery.

The entrance is the exit,
And the exit is the entrance.

입구

우리의 온 생애는
입구와 출구 이야기

입구를 비비고 들려
심혈을 토하지
출구를 찾아내려
피땀 흘리게 되리

입구에 들어서자
찾는 길은 출구
출구에서 나오면
다음 길은 다시 입구

입구에서 출구로
출구에서 입구로
무수한 터널을 스치는
신비의 여정이지

입구가 출구이고
출구가 입구이지

The Ceiling

Is the ceiling truly

An impenetrable barrier,

A wall we must accept?

Countless waves and particles of the universe

Pierce through our bodies, minds, and souls,

Constantly sharing new information with each other.

Through the amazing and intricate channels of cell membranes,

Numerous molecules pass back and forth as instructed,

Building, growing, and sustaining life.

Barriers do not exist in the first place,

In a world where everything is connected,

They are merely garments we wear for a while.

It is our stubborn arrogance,

Our disbelief in the impossible,

Our foolish disrespect that prevents us

From accepting miracles,

Our lack of familiarity with the extraordinary light,

That keeps us from hearing the whispers of the universe.

천장

천장은 실로
더는 뚫고 오를 수 없는
받아들여야 할 장벽인지

무수한 우주의 파동과 입자가
몸과 마음과 영혼을 뚫고 스치며
끊임없이 서로 새 정보를 나누지
세포막의 놀랍고 정교한 통로로
수많은 분자가 지시대로 왕래하며
생명을 짓고 키우고 살려가리

장벽은 본시 없고 모두
서로 통한 하나의 세계에서
잠시 입고 사는 옷이지

불가능이 없음을 못 믿는
완고한 오만의 고집으로
기적을 못 받아들이는
우둔한 불손의 소치로
놀라운 빛 속에 못 들리
친밀한 체험이 없어 서리

The Master Key

Long ago,
You and I planted deep
Within our hearts
An incredible gift of blessing,
The Master Key of Love.

How could I have
Just now realized
That the key to the miracles
I yearned for
Resides within our souls?

Let us open the light and dispel the darkness,
Unlock the love that will vanish fear,
Let us plant joy in places of sorrow,
Lock away anguish and open the door of solace.
Oh, the marvelous and mystical key of love.

The Master Key is the universal solver,
Wounds will heal and new life will sprout,
Peace will be bestowed upon trembling souls,
And the door to the light of freedom will be opened
It is the key to the power to be together forever.

마스터키

아주 오래전에
너와 나의 마음
깊숙이 심어준
놀라운 축복의 선물
사랑의 마스터키

그렇게 갈망하던
기적의 열쇠가
너와 나의 영혼 안에
살고 있는 걸 어찌
이제야 알게 되는지

빛을 열어 어둠을 사르고
두려움 거둘 사랑을 열지
슬픔의 곳에 기쁨을 심고
고뇌는 잠그고 위로를 열지
놀랍고 신비로운 사랑의 열쇠

마스터키는 만능의 해결사
상처가 아물며 새살이 돋지
떨고 있는 영혼에 평화를 주지
자유의 빛 속으로 문을 열지
영원히 함께할 능력의 열쇠이지

Grains of Sand

You and I are shining grains of sand,
Entwined and intertwined, descending DNA.

When and where we pass through,
How the next chapter will unfold,
The reason we are here and the way back home,
Surely inscribed deep in our DNA.

Along the ordained path, divinely traced,
We will build a kingdom on the beach.

모래알

너와 나는 빛나는 모래알
얼키설키 꼬여 내려가는 DNA

언제 어디를 거쳐
어떻게 다음이 열려갈지
여기 온 이유와 돌아가는 길이
분명 DNA 깊이 새겨 있으리

주어진 길로 디자인대로
해변의 왕국을 지어가리

Eagle

An eagle soaring high,
Its majestic flight stirs envy,
What journey lies ahead for you?

No one departs
To become a wanderer,
Each departure holds its own dream.

A misalignment of wings and dreams,
A discord between head and heart,
An endless struggle in the pursuit.

If not driven by stubbornness,
But lifted by a received trajectory,
With radiant wings, you will glide.

수리

높이 나르는 수리 모습
멋지고 못내 부러워
어디로 떠나가려는 건가

떠돌이 되려고
떠나는 이는 없으리
나름대로 꿈이 있으리

날개와 꿈의 불일치
머리와 가슴의 어긋남
끝없는 추구의 씨름이지

고집에 끌린 게 아니라
받아서 오르는 궤도라면
눈부신 날개로 활공하리

'너'의 기도氣道이자 기도祇禱,
본질에 다가서려는 존재의 성찰

염선옥

'너'의 기도氣道이자 기도祈禱,
본질에 다가서려는 존재의 성찰

염선옥

(문학평론가)

1

첫 시집 『빛과 소리를 넘어서』(문학아카데미, 1992)에서부터 예순세 번째 시집과 이번에 출간하는 열네 번째 시선집 『파도 소리』에 이르기까지 이원로 시인이 한결같이 예의주시하며 예민하게 형상화하려는 것은 '빛'과 '소리'의 세계이다. 해와 달은 빛으로 자신의 존재를 밝히고 새는 "숲을 흔들며 울려 퍼지는/ 무수한 부리와 날갯소리"(「철새 행렬」)로 존재성을 드러내듯, 세상에 존재하는 모든 피조물은 자신의 존재를 '빛'과 '소리'로 표현한다. 시인에게 보내는 무수한 존재자들의 '빛'과 '소리'는 그들이 살아 있음을 증명하는 증거이자 신호이다. 인간이 자신의 존재를 드러내는 방식은 '언어'이므로 시인은 하나하나 자신을 드러내는 존재들의 빛과 소리를 포착하고 그들을 기록해 간다. 이원로의 시는 그런 점에서 존재자들의 살아 있음을 증명하는 '진단서'이며 '진료기록부'다. 시인은 존재자들의 빛과 소리를 더 잘 듣기 위해 한 손에 '청진기와 망원경'을 다른 한 손에 '펜'을 든다. 그리고 가슴을 열어 모든 빛과 소리를 '대면'한다. 이때 존재는 빛 안에서 존재자로 해석되기에 이 빛이 없으면 존재자도 결코 존재성을 드러낼 수가 없다. 소리란 청각적 경험을 넘어 존재의 차원에서 들려오는 '부름'에 응답하는 일(하이데거)이기 때문이다. 이원로 시인은 존재의 부름에 응답하고 그 과정을 기록함으로써 자신의 실존적 존재의 의미를 실천하고 있는 것이다.

> 서로 마주 바라보는 건
> 누군가의 신호에서리
> 이미 고리 지어진 거지
>
> 빛과 바람과 구름이
> 스치며 울려간 심금엔
> 어떤 가락이 간직되지
>
> 하늘과 땅 사이 오고 간
> 시공의 물결이 둘레둘레
> 정교한 나이테를 그리지
>
> 어제와 오늘과 내일이
> 서로 대면해 깍지를 끼지
> 여기와 거기를 동여매 가리
>
> —「대면」 전문

시는 시인의 대면에서부터 시작되는 작업이다. 이원로 시인에게 '대면'은 어떤 의미일까? 그것은 적극적인 '관계' 맺기이다. 시인은 "빛과 바람과 구름"이 지난 자리에 남는 "정교한 나이테"를 바라본다. 그것은 "어제와 오늘과 내일이/ 서로 대면해 깍지를" 낀, 심오한 철학적 흔적이다. 서로 대면하는 자연 존재들은 "둘레둘레/ 정교한 나이테를 그리"며 "여기와 거기를 동여"매어 하나(The One)의 풍경이 된다.

시인은 1연에서 "서로 마주 바라보는" 것에 대한 의미를 정의한다. "누군가의 신호에서" 비롯하는 '대면'은 이미 우리가 선택된, 즉 "고리 지어진" 관계임을 암시한다. 무수한 피조물의 '신호'에 응답하는 신의 자애로운 섭리처럼, 시인은 자신에게 보내는 모든 '신호'에 응답한다. 2연에서 시인은 "빛과 바람과 구름이/ 스친" 곳에서 발원되는 "가락(melodies)"을 궁금해한다. 3연에서는 그것이 존재의 생(나이테)이었음을 깨닫는다. 시인은 존재의 살아 있음을 상징하는 '빛'과 '소리'가 "하늘과 땅 사이"를 오가면서 "둘레둘레/ 정교한 나이테를" 그리며 풍경이 되고 '지구'라는 일치된 존재가 되는 '일자一者의 원리'를 깨닫게 되는 것이다. 4연에서는 "어제와 오늘과 내일이/ 서로 대면해 깍지를 끼"듯 자신도 "여기와 저기를 동여매 가"며 그들의 풍경과 일치되려 한다.

모든 것이 개별적으로 존재하지만 동시에 서로 대면하고 묶이는 유기적 관계 속에서 생동하며 아름다운 풍경이 될 수 있다는 일치와 조화의 원리는 신실한 신앙인이자 의사인 이원로 시인의 각별한 풍경에서 비롯되는 세계관일 것이다. 원로 시인에게서 생과 죽음, 신성한 것과 천한 것, '너'와 '나'의 구별은 무의미하다. 그것은 하나의 세포에 담긴 일부이자 과정일 뿐이고 인간이 만들어 낸 '사슬(external chain)'(「포옹」)이기 때문이다. 시인은 우리가 그 사슬을 끊고 나올 때 비로소 자유의 품 안에서 '현재(카이로스)'를 노닐 수 있으며 우리를 묶는 시간(크로노스)으로부터 해방되어 "영원에 닿을"(「돛뿐인 배」) 수 있다는 믿음을 삶의 지향점으로 삼고 있는 것이다.

2

우리의 세계는 너무도 많은 이원론적 사고방식으로 규정되어 있다. 그것은 의사인 이원로 시인을 비껴나지 않고 그가 과연 영혼을 구원하는 시편을 쓸 수 있는가 하는 의문을 낳는 데까지 이른다. 과학과 문학이 마치 다른 영역에 속한다는 시선과 감각, 그리고 그 부산물들이 물질적 세계를 가득 채우고 있기 때문이다. 이원로 시인은 이데아와 현실 세계를 이원론적으로 갈라놓았던 플라톤의 인지 방식을 비판적으로 계승한 신플라톤주의자 플로티누스를 벗 삼고 그가 주장한 세계를 몸소 시적으로 증명해 보여주려는 듯 보인다. 시인은 플라톤이 분리해 놓은 이데아와 현실 세계를 일자에서 유출된 연속적인 층위로 본다. 다시 말해 모든 것은 한 몸(신, 지구, 세포)에서 출발하여 분열하거나 뻗어가는 것일 뿐 본질과 고향은 서로 다르지 않다는 통합·일치(Unity)의 세계관으로 현실 세계도 신성한 일자(The One)의 일부로 이해하려는 것이다. 시인은 존재의 다양성을 인정하면서도 동시에 그들이 본질적으로 나와 다르지 않다는 절대적, 초월적 통일성을 부여하고 있다. 시인에게는 우리가 만들어 낸 구분과 분리의 세계야말로 '상상'이자 '착시'일 뿐인 것이다. 청진기와 망원경, 그리고 펜을 들고 생의 고지에 오른 시인에게서 이 세계를 가르는 모든 것들이 얼마나 작고(tiny) 보잘것없는 것이며 근시안적인가를 깨닫게 된다. 이원로 시학은 이렇듯 찰나에서 영원을 발견하고 우주적 차원에서 본질적·전체적으로 하나임을 깨닫는 세계라고 말할 수 있다. 외형은 제각기 다르지만 그것을 구성하는 내질은 다르지 않아 시인은 마치 피고 지는 꽃과 환히 비추고 사그라지는 별빛 속에서 생성과 소멸의 질서를 교차적으로 경험하는 것이다.

As allowed,

They change infinitely,

Uncreasingly revealing

Their given forms.

The thaw is revival,

Evaporation is sublimation,

Cohesion is reorganizations,

Rotation is glory.

The entity is one,

The forms are countless,

The end is an illusion,

They endlessly cross the horizon.

— Illusion

「착시」를 영시로 소개해 둔 까닭은, 그의 시가 과학적이면서도 미학적이고, 서정적이면서도 철학적이며, 형식과 내용에 얼마나 충실한지 확인하기 위해서이다. 탁월한 시어 선택이 우선 그러하고 내용과 형식에 대한 철저한 절제와 압축의 의지가 돋보이는 위 시편은 독자의 사유가 가닿을 수 있도록 여백을 두툼하게 남겨두고 있다. 1연에서 자연은 "허락된 대로/ 무수히 변하며/ 주어진 모습을/ 끊임없이 드러내"고 있다. 2연에서 시인은 그들의 변화를 철학적·종교적·인문학적 언어를 배치해 풀이하고 반대편에는 과학적·이성적 해석을 배치하고 있다. 해빙=소생, 증발=승화, 응집=재편성, 회전(순환)=영광스러운 일로 해석하는 시인의 시어는 우리가 물질의 세계에서 주어진 모습과 퍼소나에 따라 사용하는 언어와 방식이 다양하더라도

'인간'을 지향하는 진리와 본질은 같다는 일자 원리를 지시하는 셈이다. 시인의 철학적 선언은 결론에 해당하는 3연에서 확인되는데, 여기서 시인은 "모습은 무수"하지만 그들의 "본체는 하나"라고 언명한다. 시인은 이 세계가 "종식은 착시"일 뿐 "한없이 지평을 넘"어가는 다양성과 다수성의 공간임을 보여준다. 특별히 3연에 시적 가치가 돌올한데 시의 형식 역시 염두에 두고 있기 때문이다. 'entity'와 'form', 'end'를 가리키는 정관사 'the'의 반복은 리듬감과 음악성을 부여하고 마침내 'They'로 통합(두운)되면서 주제가 강조되고 감각적인 효과가 극대화된다.

이렇게 그의 시는 서정시가 지닌 고전적 압축인 4행시 형태를 취하면서 동시에 셰익스피어식의 소네트를 연상시키는 각운과 기-서-결 형식을 지니고 있다. 결론에 해당하는 3연에서 그러한 시적 장악력이 폭발하는데, 1행의 "one"이 2행의 "countless"와 극도의 대비를 이루지만, 3행에서 그러한 차이는 "illusion"일 뿐, 결국 "They"로 통합·화해된다. "illusion"과 "horizon"의 각운까지 철저히 맞추면서 철학적 사유로 풀어내는 그의 시적 매력은 이렇듯 영시에서 더 명징하게 요약되고 증폭되는 것이다. 유경환은 그의 "시행詩行에 흐르는 운문의 여울이, 자연스러운 내재율을 만들면서, 감흥을 불러일으킨다"고 말하며 그의 시가 영미시선英美詩選에서나 맛볼 "음악성과 서정성"(유경환, 「生活의 프리즘, 그 저쪽」, 『빛과 소리를 넘어』, 문학아카데미, 1992, 12~13쪽)을 두툼하게 지니고 있음을 갈파한 바 있다. 이원로 시인은 첫 시집에서부터 음악성과 서정성을 통해 독자에게 넉넉하게 다가설 수 있던 것이다.

시인이 언어를 매질 삼아 모든 소리를 포착할 수 있었던 데는 "진실한 빛 오직 하나만"을 경외하고 "우주에 있는 모든 장벽을 깨뜨린"(「태초의 평강」, 『기적은 어디에나』, 서울셀렉션, 2013, 142쪽) 결과물이다. 플로티누스는 영적 세계가 우리 안에 있다고 본다(피에르 아도, 안수철 옮김, 송유례 감수, 『플로티누스, 또는 시선의 단순성』, 탐구사, 2013, 55쪽). 이원로 시인처럼 정화된 영혼의 시선에는 변모된 자아가 경이로움 자체이자 아름다움으로 보이고 내적인 삶은 신적인 삶과 같아 보이는 것이다.

3

소리가 매질을 통해 세상에 울려 퍼지듯, 이원로 시인은 언어라는 매질을 통해 바깥의 소리를 인간의 내면으로 가져와 그 공명과 떨림을 기록한다. 시인은 "너무 작아 들리지 않는 소리"에서부터 "너무 커서 들리지 않는 소리" 그리고 "들려도 들리지 않는 소리/ 들리지 않아도 들리는 소리", "빛소리 파도소리 입자소리/ 바람소리 불길소리 중력소리"(「소리의 우주」), 심지어 "사람이 다니지도 않는/ 외딴곳"(「소리 없는 강」, 『우주유영』, 발견, 2017, 53쪽)에 이르기까지 "탄생과 소멸" "환희와 고뇌 소리"가 무엇인지 그리고 우리는 "지금 어디에 서" 있는지 확인하고자 "오른손에 청진기를 들고"(「울타리 밖」) "소우주를 듣고"(「청진기와 망원경」, 『청진기와 망원경』, 마을, 2002, 33쪽)자 애쓴다. "세상의 모든 것은 스스로를 드러내 이야기하고 노래하고 춤추고 싶어"(「시인의 말」, 『시냅스』, 서울셀렉션, 2012, 7쪽) 한다고 믿는 시인은, 포착된 소리가 혹여 "내가 다져 넣은/ 나의 소리"일 수도 있겠지만 마침내 "닿을 수 없는 데서/ 울려오는 목소리"(「내 안의 소리」, 『찻잔과 바다』, 조선문학사, 2002)일 것이라고 믿는다.

프랑스 작가 모리스 블랑쇼Maurice Blanchot는 목소리의 본질을 '바깥'의 현상, 즉 주체의 통제 밖에 있는 타자의 것으로 보았는데 이원로 시인의 시편은 블랑쇼가 해왔던 것처럼, 주체의 바깥에 놓인 목소리의 구현인 셈이며 사물의 존재성을 듣는 행위의 결과물이다. 그래서 이원로의 시에는 어떤 인위적 구조나 논리적 필연성, 가능한 사건이 전제되지 않는다. 그저 시인은 "바깥소식이 궁금해 쏘다"(「바깥소식」)니 듯 "자아 고유의 목소리에 닻을 내리기를 거부하고 타자의 목소리에 귀 기울"(모리스 블랑쇼, 이달승 옮김, 『문학의 공간』 그린비, 2010)일 뿐이다. 이원로 시인은 시인의 목소리로 침묵해야 했던 텍스트 속의 무수한 타자들을 위해 자신의 목소리를 포기하고 피조물들이 소리로 물들어 가면서 "경이롭고 장엄한 우주의 신비"(「자서」, 『우주유영』, 발견, 2017, 4쪽)를 마주 대한다. '나'의 목소리에 가려진 '너'의 목소리를 들려줌으로써 화해를 청하고 조화를 추구해 나가면서 '소리'의 발원지는 "강렬한 탄원의 목소리"(이원로, 「문자의 불가사의한 능력」, 『현대시』 404호, 2023.8, 220쪽)가 됨을 증언한다.

들는 게
보는 걸
능가할 수도 있지

간접경험이
직접경험을
능가할 수도 있지

직접이 간접을
보는 게 듣는 걸
능가할 듯싶으리

그러나 이 모두
눈과 귀와
마음에 달렸지

어깨너멋글이
주야 숙독을

능가할 수도 있지

―「능가」 전문

　이번 열네 번째 시선집은 "안 들려도/ 잘 못 들어도/ 무시해도/ 소리를 늘 보내"(「프롤로그」, 『파도소리』) '너'의 기도氣道이자 기도祈禱로서 다가온다. 그래서 이원로의 시는 간명하나 철저하고 간절하며 깊다. 매일 신에게 기도를 올리듯 '너'의 목소리를 듣는 시인의 삶은 열정을 넘어 성실과 진실에 닿는다. 위 시는 빛과 소리에 천착하는 시인의 들음과 봄에 관한 사유로, 우리는 이원로의 시라는 간접경험의 세계를 통해 진리의 세계(직접)에 도달할 수 있음을 배우게 된다.

　이처럼 "듣는 게/ 보는 걸/ 능가할 수도 있"다는 시인의 믿음은, 보는 것이 듣는 것보다 확실하다고 믿는 인간 존재의 믿음에 균열을 낸다. "백문불여일견百聞不如一見"이나 "한 장의 그림이 천 마디 말보다 낫다(A picture is worth a thousand words)"는 믿음의 세계는 깊은 사유의 결과로 얻어진 삶의 철학 대신 선험적으로 주어진 것들이다. 시인은 흔히 문과와 이과를 가르고, 과학이 문학을 위협하고, 의사가 시를 쓰지 못하며, 보는 것이 듣는 것보다 좋다는 편견의 세계에 균열을 낸다. "직접이 간접을" 능가할 것 같고 "보는 게 듣는 걸" 능가할 듯싶으나 "이 모두/ 눈과 귀와/ 마음에 달렸"다는 선언에서 "틈난 돌이 터지고 태 먹은 독이 깨지듯"이 편견의 세계가 무너진다.

차원의 벽을 넘어

어둠 가운데

빛을 잡으려는

줄타기 광대

거룩한 질서 오직 하나만

실로 경외하더니
모두를 경외하게 되는
기적을 보게 되리

진실한 빛 오직 하나만
진정 사랑하더니
모두를 사랑하게 되는
신비경에 살게 되리

─「줄타기 광대」전문

위 시에서는 어둠 속에서 "빛을 잡으려는/ 줄타기 광대"를 본다. 줄타기 광대는 "거룩한 질서"를 경외하는 모든 존재가 되고 "진실한 빛 오직 하나만 / 진정 사랑"하는 시인이 되며, 질서의 운행 가운데 진실한 빛을 푯대 삼아 간절하게 기도祈禱를 올리는 '나'가 된다. 너른 '어둠'의 공간에 한줄기의 '빛'을 잡으려는 "줄타기 광대"는 위태롭기만 하다. 변증법적 사유를 가장 잘 다루는 장르는 시이기에 우리는 시인이 던져 놓은 한 줄의 검은 흔적에서 안타까움을 시작으로, 어긋남과 기대, 실망과 희망 사이를 오가며 "줄타기 광대"가 실낱같은 희망을 놓치지 않기를 기도하고 바라게 된다. 위 작품에는 두 개의 목소리가 포개져 있는데, 가령 1연에 불안의 사회를 살아가는 위태로운 실존을 바라보는 화자의 목소리와 "거룩한 질서 오직 하나만/ 실로 경외"한 실존의 삶을 모두 다 아는 시인의 목소리가 겹쳐 있다. 이때 시인 혹은 신은 "Only one holy order/ He truly reveres,"한 '현재'의 그가 "보게 될" 미래를 예언한다. 그것은 "he will see the miracle/ Of revering all."로 모두를 경외하게 하는 '기적'이다. 그 기적을 통해서 광대는 이제 "모두를 사랑하게 되는/ 신비경에 살게" 된 것이다.

4

이 세계를 살아가는 존재가 종교적 정신을 토대로 인간의 구체적인 삶과 의식을 성찰하려는 의지는 "세속적 합리주의가 아닌 종교 이념적 극복 의지를 실천적 형상"(유성호, 「한국 현대시에 나타난 종교적 유토피아 의식」, 『한국학연구』 21집, 고려대학교 한국학연구소, 2004, 7쪽)으로 삼는 일이다. 신과 인간의 문제나 인간과 인간의 문제, 나아가 인간과 자연의 문제, 임상 체험과 자연 현상을 결부시키는 것 등 다양한 측면에서 현세적 삶을 검토하려는 방식은 종교적 차원을 포괄하는 철학적 통찰이자 인문학적인 근원에 관한 탐구이자 물음이다. 하여 이숭원은 그를 "독자적 세계관과 우주관"(이숭원, 「영원한 기쁨을 향한 동행인의 꿈」, 『분수령』, 한국문연, 2024, 139쪽)을 구축한 시인으로 보았고, 홍신선은 "웅숭깊은 삶과 세계에 대한 성찰과 인식"(홍신선, 「내 '안' 의 성찰과 정언正言의 시학」, 『콘서트』, 조선문학사, 2023, 254쪽)으로, 이재훈은 그를 "치유와 영성의 시인"(이재훈, 「치유와 구원의 시학」, 『모자이크』, 한국문연, 2007, 127쪽)으로 평가하며 금동철은 그의 시를 '휴머니스트의 노래'(금동철, 「새벽을 기다리는 영혼의 노래」, 한국문연, 2004, 142쪽)라 칭하며, 박남희는 그의 시가 '지상의 시학에 얽매이지 않고 천상의 시학에 닿아 있다고'(이원로『바람의 지도』, 현대시, 2010, 127쪽) 평한 것이다. 이원로의 시가 공감, 일치, 조화에 이를 수 있었던 것은 그가 현실에 발을 굳게 디딘 채(의사), 너머의 세계를 희망하며(신앙인), 우주적 상상력(시인)을 펼치면서 그것들이 일으키는 파장에서 깨달음을 얻었기 때문이다. 그 어떤 것에 치우침 없이 조화를 이루는 시인의 담담하고 섬세한 언어는 어떤 격한 비유나 과장 없이도 깊은 울림을 줄 수 있다는 것을 보여준다. 이처럼 이원로 시인은 서로 양립할 수 없다고 믿어왔던 이질적 세계를 하나의 면에 끌어와 양립 가능성을 타진하고 그것이야말로 가장 강력한 시적 폭발을 가져올 수 있음을 시사한다. 그것은 로트레아몽의 '수술대 위에서의 우산과 재봉틀의 우연한 만남'(로트레아몽,

황현산 옮김, 『말도로르의 노래』, 문학동네, 2018)과도 같다. 이원로의 시적 세계
는 이질적인 것을 하나로 묶으려는 시적 실험이나 의도적 글쓰기가 아니다.
오히려 신앙인이자 존재의 소멸을 목격해 온 의사로서, 그리고 시인으로서
어느 길을 걷게 되더라도 도달할 곳은 단 한 곳이라는 확고한 믿음의 결과
일 것이다.

    핵 안에 사는 염색체
    그 안에 가득 도사린 유전자들
    놀라운 예정 암호들이지

    너희는 시키는 대로만 하니
    알아서 하는 것도 있니
    대답 없이 미소만 짓는다

    주는 건
    다 받은 것
    모두가 예정

    논리와 상상 밖에도
    기상천외한 세계가 있지
    환상이라는 선물이지

                            ─「주는 건 받은 것」 전문

  이원로 시인은 최고의 경지에 이른 피카소와 칸딘스키가 그래왔던 것처
럼, 구체적 형체를 걷어내고 오직 색·선·점으로만 내면의 풍경, 본질의
세계를 표현하여 영혼의 울림을 주는 예술의 경지에 도달한다. 시인은 몸을

구성하는 요소들인 세포(점)에서부터 "DNA와 RNA 안에 기록된 아주 간결한 문자가 신묘하게 결합"(선) 되어 놀라운 전달물질을 만들어 내는 '관계'의 세계, 그리고 "회로와 시냅스를 매개"(「문자의 불가사의한 능력」)해 드러내는 '경이와 경외'에 빠져 본질과 자연의 원리를 찾아 우주적 서정으로 예술 세계를 구축해 왔다. 그의 시적 실험과 성취에서 이성과 과학은 감성과 서정의 대각점에 자리한 것이 아니라, 생의 원리와 보편성을 획득하는 데 서로 길항하며 공존하는 것으로 자리매김한다. 시인은 이질적으로 여겨져 왔던 것들의 '본질'은 다르지 않으며 우리는 초월성과 공유성을 공통분모 삼고 있음을 각성시키는 것이다. 하여 문학과 과학, 자연과 인간, 신과 인간, 삶과 죽음, 생명과 영원, 보편성과 특수성은 '하나'에 수렴되는 것이다. 아닌 게 아니라 이원로 시인은 "핵 안에 사는 염색체" 안에 "가득 도사린 유전자들/ 놀라운 예정 암호들"을 읽어낸다. 시인의 궁금증은 폭발하고 "너희는 시키는 대로만 하니/ 알아서 하는 것도 있니"라고 묻는다. 그러나 그들은 "대답 없이 미소만 짓"고 있다. 시인은 마침내 "주는 건/ 다 받은 것"이라는 깨달음을 얻는다. 줄 수 있는 것, 건넬 수 있는 것은 '받음'이 전제된다는 간단한 이치를 "주는 건/ 다 받은 것"으로 자연으로부터 "받은" 깊은 성찰과 깨달음을 우리에게 건네는 것이다. 또한 시인은 청진기와 망원경을 통해 미시의 세계에서도 발견되는 신의 섭리와 조화에서 "논리와 상상 밖에도/ 기상천외한 세계"를 포착한다. 그것은 "환상이라는 선물"이다. 이는 청진기와 망원경이라는 이질적 세계에서 폭발하는 시인의 상상력을 잘 보여준다. 신체를 구성하는 작은 세포와 염색체들의 유기적 관계에서 "환상"이라는 "기상천외한 세계"를 발견한 의사는 모든 영역의 구분을 무화하는 것이다.

    몸과 마음은 따로가 아니지
    몸은 입자
    마음은 파동

물질과 정신은 가를 수 없지

쏟아지는 광자의 무도
입자인 듯 파동 파동인 듯 입자
배타적인 듯 협동적
이게 저게 되고 저게 이게 되리
마음이 몸을 다스리고
몸이 마음을 지탱하지

세상은 물질과 정신 합일체
입자와 파동이 끝없이 대화하리
불가사의하게 서로 옷을 바꿔입지
거기와 여기 이때 저 때를 오가지

―「몸과 마음」 전문

　　한 인터뷰에서 시인은 "과학은 무질서하게 보이는 혼돈 상태에서 논리적 법칙을 찾아내는 학문이고, 예술도 구체적 사물이나 개별적 사실의 다양성 속에서 보편적인 정서나 진리를 찾아내어 공감을 불러일으키는 학문이라는 점에서 동질성이 많다고 생각해요."라고 말한 바 있다. 과학과 문학이 인간을 대상으로 진리를 추구하는 점에서 다르지 않다는 의미이다. 아닌 게 아니라 의학은 인간의 육체를 치유하고 고통을 위로하는 반면, 문학은 인간의 마음에 난 고통과 상처를 위로·치유한다는 점에서 '본질'은 같지 않은가. "몸과 마음"이 "따로가 아니"듯 과학의 본질도 인간을 추구하며, 문학의 본질이 인간임을 상기시키는 위 시를 통해 시인은 이분법적 세계에 빠져 지내는 실존들을 구해내고 있다. 기실 "마음이 몸을 다스리"듯 "몸이 마음을 지탱"하고 있음을 우리는 알고 있다. 그것은 "배타적인 듯 협동적"이어야 하는 것이다. 이 세계는 그렇게 "물질과 정신 합일체"인 것이다.

5

과학적 지식과 정보가 예술적 상상력과 시인의 감성을 통해 시가 되고, 논리적 필연성 대신 타당성과 감각적 구체성의 질서인 예술 세계로 통합되는 이원로의 시는, 중국 북송의 대문호이자 당송팔대가 중 한 명인 구양수가 삼다론三多論을 통해 강조한 바와 같이 빛과 소리를 통해 세상을 읽으며(多讀), 깊이 사유하여(多商量), 기록한(多作) 결과일 것이다. 그것은 작가로서 숙명과 의무를 다하는 일이며, 매 순간 신께 기도하고 자연과 소통하며 하나가 되어가는 삶의 여정이다. 시인은 '나'의 목소리가 아닌 '너'의 존재를 포착하고 그것을 오롯이 드러내며, '너'와 '나'가 하나고 다르지 않다는 'Unity'의 감각으로 시 전체를 휘감고 있다. 그리하여 그의 시편은 귀한 '진수'이자 아포리즘으로 우뚝 선다.

진정한 자유에
사로잡히니
놀라운 환희 안에서
자유를 구가하지

완전히 잡혀
그 안에 사니
진수를 개달아
모두를 바치리

경외의 능력에

사로잡히니
경이의 선물을 받아
모두를 맡기지

기적이 펼쳐지지
온전히 붙들릴 때
진정한 자유의
포옹 속에서

―「포옹」 전문

「포옹」에서 우리는 모든 경계가 무화(Boundaries dissolve)될 때, 세계를 묶는 틀을 버릴 때(No longer tethered by external chains)만이 깊은 사유가 치솟아(spirits soar) 너른 자유의 품 안(In the embrace of true freedom)에서 진수를 깨달을 수 있음을 배운다. 시인은 매일 "자유의 정수(본질)가 다시 새롭게 빛나는(Where freedom's essence shines anew)" 곳에 "온전히 붙들"리고자 한다. 그곳은 영혼이 마음껏 뛰노는 성소(sanctuary)가 되기 때문이다. 「포옹」은 18~19세기 콜리지(Samuel Taylor Coleridge)와 함께 영국 문단을 주도한 워즈워스(William Wordsworth)의 「무지개(Rainbow)」를 떠올리게 한다. 「무지개」는 하늘의 무지개를 보면 가슴이 설렜던 어린 시절의 그 마음이 어른이 되어서도 나이가 들어서도 변하지 않을 것이며, 자신은 자연의 경건함으로 가득 채워질 것을 바라는 간절한 심정을 담고 있다. 이원로 시인의 「포옹」은 자신이 시력詩歷이 옭아매는 것으로부터 자유로워지기를 바라고 그것을 온전히 이행한 결과물이었음을 보여주는 명편이다. 시인은 첫 시집에서부터 자유롭지 못한 존재자 '나'의 언어가 아닌 모든 언어 즉 '빛'과 '소리'만을 보여주려 애써왔다. 그것을 통해 우리는 우리를 옥죄어왔던 언어와 사유의 편견으로부터 자유로울 수 있었다. '자연의 경건'에 서로 이어지기(I could wish my days to be bound each to each by natural piety)를 바라는 워즈워스의 마음이 시인에게(Forever bound to freedom's shore)로 이어지고 있다.

결국 이원로 시인은 빛과 소리가 보내는 신호를 감관을 통해 인식하고 그 뒤에 숨겨진 의미를 좇아 본질에 다가서려 한다. 존재는 다양한 모습이나 하나에서 발원한다는 사유 방식, 이분법적 구분은 하나의 세계를 해석하는 마음에 달려 있다는 연륜에서 묻어나는 인식의 깊이, 다양한 분야에서 전문의 온축을 기울인 결과물인 이원로의 시는 생의 굵고 단단한 보편적 의미로 우리를 이끈다. 시인은 '눈'을 통해 "우리의 시작과 끝"이 가능해진다고 말한 바 있다. 이번 시선집에서 시인은 우리를 '소리'의 세계로 안내한다. 고통과 상처, 소멸과 탄생, 흐느낌과 환희 등이 한 곳에 어우러져 하늘을 노니는 오로라가 보내는, '불가청 주파수'의 세계 속 존재의 신호들이다. 시인은 "우주론적 절대 타자를 온몸으로 경험하는 인간 실존"(유성호, 「존재론적 자기 완성을 위한 신성 지향의 종교적 상상력」, 『콘서트』, 조선문학사, 2023, 263쪽)으로서 자연의 "숭고한 리듬이 은밀히 엮어 나아가는"(「영혼의 닻」) 과정을 기록하고 있는 것이다. ▨

Lee Won-Ro

Poet as well as medical doctor (cardiologist), professor, chancellor of hospitals and university president, Lee Won-Ro`s career has been prominent in his brilliant literary activities along with his extensive experiences and contributions in medical science and practice.

Lee Won-Ro is the author of sixty one poetry books along with fifteen anthologies. He also published extensively including ten books related to medicine both for professionals and general readership.

Lee Won-Ro`s poetic world pursues the fundamental themes with profound aesthetic enthusiasm. His work combines wisdom and knowledge derived from his scientific background with his artistic power stemming from creative imagination and astute intuition.

Lee Won-Ro`s verse embroiders refined tints and serene tones on the fabric of embellished words.

Poet Lee Won-Ro explores the universe in conjunction with his expertise in intellectual, affective and spiritual domains as a specialist in medicine and science to create his unique artistic world.

This book along with "The Drummer", "Silent Knocks", "Five Seasons", "The Sower", "Vertical and Horizontal", "That Day, That Moment", "Weather Vane", "Countdown", "On the Road", "Winter Gift", "Fair Winds", "The Promise", "Time Capsule", "The TeaCup and the Sea", "The Watershed", "the Seed of Eternity", "Milky Way In DNA", "Signs of Recovery", "Applause", "Invitation", "Night Sky", "Revival", "The Tunnel of Waves", "The Tomorrow within Today", "Our Home", "The Sound of the Wind", "Flowers and Stars", "Red Berries", "Dialogue", "Corona Panic", "Chorus", "Waves", "Thanks and Empathy", "A Mural of Sounds", "Focal Point", "Day Break", "Prelude to a Pilgrimage", "Rehearsal", "TimeLapse Panorama", "Eve Celebration", "A Trumpet Call", "Right on Cue", "Why Do You Push My Back", "Space Walk", "Phoenix Parade",

"The Vortex of Dances", "Pearling", "Priming Water", "A Glint of Light", "The River Unstoppable", "Song of Stars", "The Land of Floral Buds", "A Flute Player", "The Glow of a Firefly", "Resonance", "Wrinkles in Time", "Wedding Day", "Synapse". "Miracles are Everywhere", "Unity in Variety" and "Signal Hunter" are available at

Amazon.com/author/leewonro or

kdp.amazon.com/book shelf(paperbacks and e-books).

글쓴이

이원로

시인이자 의사(심장전문의), 교수, 명예의료원장, 전 대학교 총장인 이원로 시인은 월간문학으로 등단, 『빛과 소리를 넘어서』, 『햇빛 유난한 날에』, 『청진기와 망원경』, 『팬터마임』, 『피아니시모』, 『모자이크』, 『순간의 창』, 『바람의 지도』, 『우주의 배꼽』, 『시집가는 날』, 『시냅스』, 『기적은 어디에 나』, 『화이부동』, 『신호추적자』, 『시간의 주름』, 『울림』, 『반딧불』, 『피리 부는 사람』, 『꽃눈 나라』, 『별들의 노래』, 『멈출 수 없는 강물』, 『섬광』, 『마중물』, 『진주 잡이』, 『춤의 소용돌이』, 『우주유영』, 『어찌 등을 미시나 요』, 『불사조 행렬』, 『마침 좋은 때에』, 『나팔 소리』, 『전야제』, 『타임랩스 파노라마』, 『장도의 서막』, 『새벽』, 『초점』, 『소리 벽화』, 『물결』, 『감사와 공감』, 『합창』, 『코로나 공황』, 『대화』, 『빨간 열매』, 『꽃과 별』, 『바람 소 리』, 『우리집』, 『오늘 안의 내일』, 『파도의 터널』, 『찻잔과 바다』, 『타임캡 슐』, 『약속』, 『소생』, 『밤하늘』, 『초대장』, 『박수갈채』, 『회복의 눈빛』, 『DNA 안 은하수』, 『영원의 씨』, 『분수령』, 『순풍』, 『겨울 선물』 등 63권의 시집과 15권의 시선집을 출간했다. 시집 외에도 그는 전공 분야의 교과서 와 의학 정보를 일반인들에게 쉽게 전달하기 위한 실용서를 여러 권 집필 했다.

이원로 시인의 시 세계에는 생명의 근원적 주제에 대한 탐색이 담겨져 있다. 그의 작품은 과학과 의학에서 유래된 지혜와 지식을 배경으로 기민한 통찰력과 상상력을 동원하여 진실하고 아름답고 영원한 우주를 추구하고 있다. 그의 시는 순화된 색조와 우아한 운율의 언어로 예술적 동경을 수놓아간다.

이원로 시인은 과학과 의학 전문가로서의 지성적, 감성적, 영적 경험을 바탕으로 그의 독특한 예술 세계를 개척해 가고 있다.

이 시집을 비롯하여 『북 치는 사람』, 『소리 없는 노크』, 『오계절』, 『그날 그때』, 『수직과 수평』, 『씨 뿌리는 사람』, 『바람개비』, 『카운트다운』, 『길 위에서』, 『겨울 선물』, 『순풍』, 『분수령』, 『영원의 씨』, 『DNA 안 은하수』, 『회복의 눈빛』, 『초대장』, 『밤하늘』, 『소생』, 『약속』, 『타임캡슐』, 『찻잔과 바다』, 『파도의 터널』, 『오늘 안의 내일』, 『우리집』, 『바람 소리』, 『꽃과 별』, 『빨간 열매』, 『대화』, 『코로나 공황』, 『합창』, 『물결』, 『감사와 공감』, 『소리 벽화』, 『초점』, 『새벽』, 『장도의 서막』, 『타임랩스 파노라마』, 『전야제』, 『나팔 소리』, 『마침 좋은 때에』, 『어찌 등을 미시나요』, 『우주유영』, 『불사조 행렬』, 『춤의 소용돌이』, 『진주 잡이』, 『마중물』, 『섬광』, 『멈출

수 없는 강물』, 『별들의 노래』, 『꽃눈 나라』, 『피리 부는 사람』, 『반딧불』,
『울림』, 『시집가는 날』, 『시냅스』, 『기적은 어디에나』, 『화이부동』, 『신호
추적자』, 『시간의 주름』 등은 아래에서 구입할 수 있다.

Amazon.com/author/leewonro와

kdp.amazon.com/bookshelf(paperbacks and e-books)

이원로 14번째 시선집

파도 소리 The Sound of Waves

초판 인쇄 · 2025년 6월 1일

초판 발행 · 2025년 6월 5일

지은이 · 이원로

펴낸이 · 이선희

펴낸곳 · 한국문연

서울 서대문구 증가로29길 12-27, 101호

출판등록 1988년 3월 3일 제3-188호

편집실 | 서울 서대문구 증가로31길 39, 202호

대표전화 302-2717 | 팩스 · 6442-6053

디지털 현대시 www.koreapoem.co.kr

이메일 koreapoem@hanmail.net

ⓒ 이원로 2025

ISBN 978-89-6104-385-4 03810

값 18,000원